经济日报记者丛书

科 创 之 声

佘惠敏 ◎ 著

经济日报出版社
北京

图书在版编目（CIP）数据

科创之声 / 佘惠敏著. -- 北京：经济日报出版社，
2024.7
ISBN 978-7-5196-1481-2

Ⅰ. ①科… Ⅱ. ①佘… Ⅲ. ①科学技术－评论性新闻－作品集－中国－当代 Ⅳ. ①I253.6

中国国家版本馆CIP数据核字(2024)第087993号

科创之声
KECHUANG ZHI SHENG

佘惠敏　著

出　　版：	经济日报出版社
地　　址：	北京市西城区白纸坊东街2号院6号楼710（邮编100054）
经　　销：	全国新华书店
印　　刷：	北京文昌阁彩色印刷有限责任公司
开　　本：	710毫米×1000毫米　1/16
印　　张：	19
字　　数：	238千字
版　　次：	2024年7月第1版
印　　次：	2024年7月第1次印刷
定　　价：	58.00元

本社网址：edpbook.com.cn，微信公众号：经济日报出版社
未经许可，不得以任何方式复制或抄袭本书的部分或全部内容，**版权所有，侵权必究**。
本社法律顾问：北京天驰君泰律师事务所，张杰律师举报信箱：zhangjie@tiantailaw.com
举报电话：010－63567684

本书如有印装质量问题，请与本社总编室联系，联系电话：010－63567684

做党和人民信赖的合格新闻工作者

"做党的政策主张的传播者、时代风云的记录者、社会进步的推动者、公平正义的守望者。"这是习近平总书记在党的新闻舆论工作座谈会上，对广大新闻舆论工作者提出的明确要求和殷切期望。

经济日报创刊40年来，在风云激荡中引领思想，在众声喧哗中回应民意，忠实记录了中国改革开放波澜壮阔的光辉历程，见证了经济跨越、社会进步和国家富强，谱写出无愧于时代的华彩篇章。

与时代同步、与人民同行。40年来，经济日报涌现出一大批优秀的党的新闻工作者，他们不忘初心、牢记使命，坚持正确的政治方向、舆论导向、新闻志向和工作取向，在弘扬传统中持续深化改革创新，在改进报道中不断讲好中国故事。

人才是事业发展的根本保证，提升新闻传播力、引导力、影响力、公信力，离不开一支高素质的新闻人才队伍。多年来，经济日报社高度重视人才队伍建设，不断创新人才培养方式方法，持之以恒地为记者成长成才提供平台、创造空间。

近两年，我们为12名青年记者同时开设个人言论专栏，是一次成功的探索和尝试，这在中央党报及至整个中国新闻界都是不多见的。我们遴选的这批记者拥有多年跑口经验，既具备研究素养，又有大众化传播才华，陆续开设《每周经济观察》《国际经济观察》《忠阳车评》《三农瞭望》《粮食大事》《市场监管》《香江观察》《财金视野》《科创之声》《房地产周评》《能源广角》《文体市场面面观》等12个固定评论专栏。这些专栏具有个人风格和专业特色，其针对社会现象和舆论热点的立场表达，是对编辑部文章、社论、评论员文章等重要评论的补充和延伸，满足了不同类型读者的阅读需求，对于放大主流观点、凸显经济特色起到了独特作用。

目前，经济日报已构建起由编辑部文章、评论员文章、一版"金观平"文章、12名青年记者个人专栏、时评版，以及"头条热评"等组成的评论传播矩阵，"评论立报"的格局初步形成，并与"调研兴报""理论强报""开门办报"一起，成为推动经济日报高质量发展的工作重点。

媒体融合发展时代，在新闻越来越难以实现"独家"的前提下，立论就是立报之本，要以权威观点、独到视角和理性分析获得优势、占据主导。实践证明，无论媒体生态如何变化，无论传播方式如何迭代，一篇有思想、有温度又兼具良好阅读体验的评论文章，一个集"颜值""言值"和"研值"于一体的评论专栏，其本身就是闪光、有力且自带流量的。

一批评论专栏能赢得受众、成为品牌，是与专栏记者的努力分不开的，是与同志们悉心培养、全力推动分不开的。

在我看来，尊重才华，尊重个性，给年轻同志开专栏，既是提高报纸质量的重要方式和有力举措，也是培养优秀新闻人才队伍的重要方法和有效途径。报社成就着记者，记者也在成就着报社，二者是共生共荣、一同成长的发展共同体。

总体看，12个个人专栏评论时效性强、热点抓得准，兼具了高度、深度和广度等特点，但也要看到，因为多种因素制约，这些专栏文章还存在不足。差距是潜力也是动力，青年记者要继续在实践中增强"四力"，既要掌握好信息的第一发布权，也要掌握好第一解释权，守好新闻舆论阵地，引导好社会预期。

以笔为犁千秋业，只在承前启后中。习近平总书记指出，"我们这一代人，继承了前人的事业，进行着今天的奋斗，更要开辟明天的道路"。在新时代新征程上，唯有踔厉奋发、笃行不怠，方能成为一名党和人民信赖的合格新闻工作者。

（作者系经济日报社社长兼总编辑）

目 录
Contents

决不能再以"帽"取人了 / 1

中国自信写入浩瀚太空 / 4

芯片国产需久久为功 / 6

莫拉科技大旗作虎皮 / 8

科研呼唤"她"力量 / 10

奥运奖牌的背后是科技 / 13

"英雄帖"能否带来"新文化" / 15

德国制造怕中国制造了吗 / 18

"元宇宙"究竟是不是新科技 / 20

如何破解"徐工之问" / 22

掂掂二点四万亿元的分量 / 25

航展"赛宝"晒出中国自信 / 27

以平常心看待诺贝尔科学奖 / 30

中国人为啥争当"太空常住人口" / 33

"挖矿"是落后工艺不是高科技 / 35

"科学家协会奖"能办出影响吗 / 37

华为因何捐赠欧拉 / 39

喜看"高被引科学家"年年高 / 42

"元宇宙"越热越需要冷静 / 44

梦想之花在天宫绽放 / 46

云端争"霸"是场持久战 / 48

老鼠作孽不应草莓背锅 / 50

太空碰瓷难阻挡中国前进脚步 / 52

6G为何要跑那么快 / 55

汤加火山尚难喷出"无夏之年" / 58

中国研发投入将保持高速增长 / 61

科技让冰雪运动更干净 / 64

乐见写论文"顺便"拿奖牌 / 66

抓住高质量国际专利这个关键 / 69

以科技自立自强赢得发展主动 / 71

科学应对网络攻击 / 73

研发费用加计扣除比例为何提高 / 76

肩负科考使命　勇攀世界之巅 / 78

"人造蛋白"何时走上餐桌　/ 81

新药含金量不是炒作出来的　/ 84

助归国留学生实现人生价值　/ 87

超超临界发电有什么超能力　/ 89

探索地外文明有危险吗　/ 92

有必要做好隐私计算　/ 94

从学科排名看工程师红利升级　/ 97

有格局的空间站更开放　/ 99

国产大飞机怎样啃动万亿元市场　/ 101

芯片法案拦不住"中国芯"　/ 104

你想要什么样的机器人　/ 107

明年夏天还会这么热吗　/ 110

期待企业成基础研究生力军　/ 113

科研助理扩招并非权宜之计　/ 116

开放合作才能通向星辰大海　/ 118

吃鱼不挑刺并非奢望　/ 121

"海克斯科技"嗨了谁　/ 124

五万亿元技术要素市场怎么建　/ 127

期待更多人才归国圆梦　/ 130

航展"高光时刻"来之不易　/ 132

高血压诊断标准需要调整吗 / 135

建成月球基地还需大量技术攻关 / 137

推动科研与产业深度融合 / 139

太空水稻结籽收获多 / 141

为中国工业机器人的进步点赞 / 144

为世界发展贡献更多中国智慧 / 147

抢占高科技产业发展必争之地 / 150

小芯粒能否闯出强芯路 / 152

人工智能应用如何从烧钱变赚钱 / 155

中国版 ChatGPT 快来了吗 / 158

美"载毒列车"事故有哪些启示 / 161

科技引擎助企业创新发展 / 163

下好科技创新先手棋 / 166

理性看待"室温超导"风波 / 169

网购卫星空间广阔 / 172

科学治沙才能长远获益 / 174

有规范才有好未来 / 176

"超级大脑"进万家要过三关 / 178

地名"上"火星标记中国贡献 / 181

科技小院力量大 / 183

人工智能大模型要按暂停键吗　/ 186

北斗"上新"为万亿元级市场指路　/ 188

防范"换脸"诈骗需多管齐下　/ 191

近视也能上太空说明了啥　/ 193

国产大邮轮开启产业新航程　/ 195

科技巨头为何频频访华　/ 198

人工智能如何应对气候变化　/ 201

大国重器创造中国奇迹　/ 204

日本强排核污染水贻害无穷　/ 206

朱雀二号迈出商业航天重要一步　/ 208

"跳楼机"能否带来"跳楼价"　/ 211

集中供冷要算好两本账　/ 214

汛期科学避险至关重要　/ 217

成果转化率为零该怎么看　/ 220

科研经费怎么用更有效　/ 223

核污染水不同于核废水　/ 226

绿氢产业迎来新的里程碑　/ 229

专利交叉许可好处多　/ 232

3万亿元彰显创新驱动发展决心　/ 235

期待"星闪"闪耀世界　/ 238

国际月球科研站彰显中国襟怀 / 241

创新守底线还需制度有红线 / 243

科技创新支撑丝路共建 / 246

最年轻航天乘组带来哪些惊喜 / 248

网购大国重器不只是"玩梗" / 251

如何拥抱崭新的"AI+"时代 / 254

"北斗+民航"迈出关键一步 / 257

创新指数展现国家意志 / 260

夯实自主安全算力底座 / 263

我国四代核电为何能实现领跑 / 266

国产大飞机如何飞出大商机 / 269

为全球工程成就注入中国智慧 / 272

国产手机卫星通信时代要来了吗 / 275

"人造太阳"如何照亮未来 / 278

原生鸿蒙强劲扩圈令人期待 / 281

400万件发明专利为发展蓄能 / 284

天舟年货大礼包展现新气象 / 287

后　记 / 290

决不能再以"帽"取人了

"决不能让科技人员把大量时间花在一些无谓的迎来送往活动上，花在不必要的评审评价活动上，花在形式主义、官僚主义的种种活动上！"习近平总书记近日在两院院士大会、中国科协第十次全国代表大会上的讲话一语中的。

在对当前科研领域弊端的一些批评中，事关人才评价机制的"帽子"问题是一大焦点，抢"帽子"活动也成为科技人员时间浪费的最大损耗点之一。

"帽子"是指为表彰优秀人才设立的各类项目和荣誉称号。各种人才项目的设立，保障了我国对高层次创新人才的重点支持，相关人才也为创新发展做出了重要贡献。不过，随着各种人才计划越来越名目繁多，又缺乏统筹优化，渐渐出现了部分学者争抢"帽子"的现象。

"帽子"虽好，但抢"帽子"太浪费科技人员时间了。造成该弊端的主要原因有三个。

一是"帽子"太重，与科研资源和个人待遇紧密挂钩，事关个人发展前途，"不得不抢"。"帽子"与一个人的科研资源、职称、评奖、收入紧密相关。在这样的超强刺激下，有的学者忙于申请、评选人才项目，以致舍本逐末，很难有时间和精力静下心来做研究。

二是"帽子"太多,集聚效应明显,退出机制不畅,带来资源配置不公,助长"山头主义"。大小"帽子"环环相扣,有了一顶"帽子",就容易申请到更多"帽子"。大多数"帽子"有年龄门槛,年轻学者为了在年龄门槛前获得相应"帽子",就像打升级游戏的玩家那样不停争抢。某些高级"帽子"堪称"铁帽子","帽子"一戴,终身不摘,主宰着优势科研资源的支配权。

三是"帽子"太虚,有的评价标准存在形式主义、官僚主义弊端。"帽子"评选,存在"重海外、轻本土""重学历、轻能力""重论文、轻实际贡献"的现象。这必然带来一些人投机取巧的卡点刷分:一篇论文能说完的工作,发出几篇甚至十几篇论文,有"灌水"嫌疑;频频在各种国际国内学术会议上亮相,交换资源,混个"脸熟"。"灌水"可凑出论文数量,"脸熟"会带来人际关系优势,软硬相济,"帽子"到手。

"帽子"太重让人不得不争,"帽子"太多让人频繁去争,"帽子"太虚让人取巧而争。抢"帽子"使一部分科技人员偏离了正确的研究方向,不做重要的原创研究,更喜欢做短平快的跟风研究,离"帽子"近了,离真正的创新反而远了。

分清弊端,改革的重点也就不言而喻。

治"重",要给"帽子"减负:由"以帽取人"转为"以岗择人",由支持"帽子"转为支持岗位,岗位评聘论水平、政策待遇看贡献。

治"多",要给"帽子"限量:应限定申请人的人才项目申请数量,不可重复申报同等层次的多个人才项目,避免一人多"帽"、重复奖励。

治"虚",要给"帽子"做实:要完善人才计划评选机制,评选标准以实际能力和贡献为核心,做到公平公正公开;同时完善跟踪评估和淘汰制度,给不达标者摘"帽"。

总之,创新不问出身,英雄不论出处。破除以"帽"取人,回归科研本质,才能真正实现"高水平科技自立自强"!

(刊发于2021年6月13日关注版)

中国自信写入浩瀚太空

这些天，有几条关于太空中汉字的新闻，引发了网友们热烈"品味"。

第一条新闻发生在火星。"祝融号"火星车后轮上刻有"中"字，当它在火星的土地上行驶时，留下的一个个"中"字脚印就成为中国火星探测大片的"彩蛋"。有网友开玩笑说：百年后，这将成为火星上的"自古以来"。还有网友戏称："祝融号"是河南人，因为它说了一长串"中中中"！

第二条新闻发生在空间站。中国空间站迎来了第一批航天员。当人们观看3位航天员太空生活视频时，惊喜地发现，中国空间站所有操作界面都是汉字。

第三条新闻发生在地球。为了在2022年登上中国空间站，来自德国、法国和意大利的3位航天员，正抓紧时间学习中文，期待未来与中国同行进行顺畅合作交流。

对太空汉字的一片欢呼和随之而来的各种"小段子"，体现了中国人的幽默和自信。

这自信正是建立在中国科技的自立自强上。

有的航天强国曾企图通过技术封锁阻挠中国人探索星辰大海的步伐。但是，中国航天事业发源于自力更生的"两弹一星"，自主创新的基因早已刻入骨髓,自然不惧怕任何技术封锁。这些年来,建立在自立自强基础上的中国航天科技一步一个脚印,踏踏实实稳步前进。探月工程、探火工程、载人航天各大项目连获成功,喜讯频传。

这自信建立在中国文化的源远流长上。

中国人自古以来,就把奇思妙想写入了各种文化典籍中。火星探测器"天问",其名称来自战国时期诗人屈原的长诗名;火星车"祝融"、月球探测器"嫦娥"、中继卫星"鹊桥"、暗物质探测卫星"悟空",这些名称都来自中国神话传说;卫星导航系统"北斗",其名称出自中国古代观星术;量子卫星命名"墨子",取用了中国古代科学家的名字。

中国航天人探索宇宙,以"嫦娥"问月、以"北斗"指路、以"祝融"踏火,一步步把典籍中的神话照进太空中的现实。以科技之名致敬中华文化,将中华民族的古老梦想一一实现,这是极致的浪漫,也是蓬勃的自信。

过去,人们习惯于太空中出现英语、俄语等拼音文字。现在,汉字这种方块字在太空的出现,是中华民族崛起的象征,更是古老的东方文明走出地球、走向新天地的展示。

中文,正成为新兴的国际太空语言。汉字,正在将中国自信写入浩瀚太空!

（刊发于 2021 年 6 月 27 日关注版）

芯片国产需久久为功

近日，全球性"芯片荒"让"中国芯"再一次成为人们关注的焦点。一则"国产14纳米芯片明年量产"的消息，让很多网友欢呼；紧接着，"三星宣布3纳米GAA芯片已经正式流片成功"的消息，又让很多网友担忧，表示"差距太大，这可咋整"？

其实，自2018年美国对部分中国企业发出芯片禁令后，"芯片"就成为"卡脖子"技术的代名词。中国已从人才培养、产业链补全、核心技术突破等各方向着手，全面布局国产芯片研发。从目前芯片技术国产化的进展来看，盲目乐观的"速胜论"并不可取，悲观失望的"失败论"也明显不对，制造"中国芯"还需保持定力、稳定心态；步步为营、久久为功。

先说说"速胜论"为啥是不对的。

以"国产14纳米芯片明年量产"的消息为例，该消息其实被很多网友做了过于乐观的误读。消息里专家所说的"国产"，仅仅指在本土设计、制造和封装。而网友们心目中的"国产"，是完全不被"卡脖子"的全产业链国产——这需要在设计中使用国产框架和设计工具软件，在制造中使用国产设备和原材料。

从芯片产业链的原材料和设计来看，原材料仍由美国、德国和日本等国掌控，设计工具软件仍是美国厂商主导。

从芯片生产核心设备看，差距更大。半导体行业技术高、进步快，一代产品需要一代工艺，一代工艺需要一代设备，我国却缺失产业链上的关键核心设备。比如，EUV光刻机极其精密复杂，全球只有荷兰巨头ASML能生产，各种零件超过10万个，供应商遍及全球5000多个商家。而光刻机只是芯片生产线上的关键节点之一，在芯片生产线上，还有不少重要的半导体设备需要我们一一攻克。

"缺课"不少，我们能补全吗？一些人看到困难太大，又萌生了丧失信心的"失败论"，显然也是不足取的。

一方面，"补短板"已经卓有成效。比如，我国14纳米芯片的发展已经攻克了许多技术难题：刻蚀机、薄膜沉积等关键装备从无到有，进入批量应用；后道封装集成技术成果全面实现量产；抛光剂和溅射靶材等上百种关键材料通过大生产线考核进入批量销售。这些成果扭转了之前我国集成电路工艺技术需要全套引进的被动局面。

另一方面，"锻长板"也在有序进行。中国有世界级的市场，是打磨产品、培养世界级芯片的最佳摇篮。芯片产业发展可以瞄准产业尖端技术，把高端的设计、制造、设备、材料供应与目前我国有优势的5G、人工智能等新技术应用相结合，尝试弯道超车。此外，芯片业处在传统芯片与新型芯片前后交接的节点，将迎来颠覆性新技术的"洗牌"，我国也在加强石墨烯芯片、金刚石芯片等新型芯片的研发——这些新型芯片使用新材料制造，且我国已有相关科研基础，未来如果实现产业化应用突破，将开拓出全新赛道。

芯片领域的创新之路，道阻且长，但前景光明，只要我们保持"久久为功"的韧劲，"中国芯"必将取得最终的胜利。

（刊发于2021年7月4日关注版）

莫拉科技大旗作虎皮

拉科技大旗作虎皮糊弄老百姓的事情，时不时会冒出来。

比如，前一阵子，"上海电信IPTV回应开机广告关不掉"的新闻上了热搜。事由为上海电信IPTV开机广告长达半分钟且关不掉，引发很多消费者投诉。上海市消费者权益保护委员会为此与中国电信上海公司智慧家庭运营中心沟通，希望解决问题，却得到了堪称奇葩的回复：30秒为开机联网和用户信息认证"必须时间"，在该时间投放广告"主要为提高用户开机体验"。

此回应被上海消保委公布后，舆论大哗。中国电信上海公司当日又紧急回应称，已"连夜成立专项工作组，研究IPTV开机广告一键关闭相关技术方案，抓紧落实技术开发，力争在3个月内上线"。

好家伙，"连夜成立专项工作组"，关闭开机广告的技术方案却要"力争在3个月内上线"。这"连夜"的"快"，与"3个月"的"慢"，形成鲜明对比，让人不禁心生疑惑：关闭开机广告的程序啥时候变成如此高科技了？开发达3个月之久？

这显然不是技术问题，而是利益在作祟。技术，在这种时候就变成了唬人的虎皮和推卸责任的"背锅侠"。

无独有偶。拿技术问题当老虎皮的不只是电视、网站的开机广告和弹窗广告，化妆品领域也是拉科技大旗作虎皮唬人的重灾区。

我国对各类商品有明确分类，不允许进行不实违规宣传，但化妆品领域的违规宣传却屡见不鲜。各种护肤品都属于化妆品，分类是"妆"字号。很多卖护肤品的商户喜欢拿"科技"概念给自家商品披上虎皮唬人，说自家护肤品使用了"纳米""量子""基因"等高科技之后，就不再是化妆品的"妆"字号了，而是别的"字号"。比如，不少化妆品跟"药"字号套近乎，称自己是"药妆"，可以具备各种药品功效；有的面膜商家蹭"械"字号，说自家面膜堪比医疗器械范畴的医用敷料，是"械字号面膜"；还有的化妆品蹭"食"字号，说自己是"食品级化妆品"，可以吃！

如何才能遏制这些拉科技大旗作虎皮糊弄老百姓的现象？

首先，要严格执法。前述的两类案例其实都有法可依：IPTV即交互式网络电视，而互联网广告一键关闭是写进我国广告法的规定；"化妆品广告的内容应当真实、合法""不得欺骗、误导消费者"也被写入《化妆品监督管理条例》。对于披上虎皮的假老虎，要依法打击。

其次，要广泛科普。对于高科技、新科技概念，相关专家应做好科普，让大众了解其实际用途，或者了解该科技并未进入保健品、食品、化妆品等大众商品领域，以"通俗易懂"的演示，破除"不明觉厉"的迷障。

总之，拉科技大旗作虎皮，是某些人为了一己私利损伤科技领域整体信誉的自私之举、违法行为，应予以坚决打击。科技不是虎皮，而应该成为中国参与世界前沿竞争的"压舱石"、推动经济发展的"发动机"、支撑国家重大需求的"脊梁骨"、保护人民生命健康的"定盘星"。

（刊发于2021年7月18日关注版）

科研呼唤"她"力量

近日,一条"同等条件下女性科研人员优先"政策的新闻引起了社会热议。有人会问:科研竞争面前不应该人人平等吗?为何要"女性优先"?

该政策来自近日科技部、全国妇联等13个部门和单位联合印发的《关于支持女性科技人才在科技创新中发挥更大作用的若干措施》(以下简称《若干措施》)。从具体条文看,《若干措施》中的女性优先条款,目的恰恰是"坚持性别平等、机会平等",是促进公平竞争,而非相反意思。

这是为科研人员打造更公平的发展环境。

在提出"同等条件下女性科研人员优先"的措施前,广大科研工作者实质上面临的是"男性优先"的工作环境。从既往历史来看,在入职环节,许多单位优先录取甚至降分录取男性,不少岗位发招聘公告时直接标注"男性优先"或者"限男性";在晋升环节,同等条件下男性优先晋升更是成为惯例。

这样不公平竞争带来的后果,从数据统计中可以看出:当前全国科技工作者中女性占比约45.8%,但专业技术职务越高,女性占比越少;2019年,中国科学院院士、中国工程院院士中,女性占比分别为6%和5.3%;国家级人才计划入选专家学者中,女性占比仅为 10% 左右。

科研活动是脑力劳动，不是体力劳动，不应该有这么明显的性别区分。首个获得诺贝尔科学类奖项的中国本土科学家屠呦呦，是女性；世界上最早的程序员，人称"数字女王"的阿达·洛芙莱斯早在 1842 年就编写了历史上首款电脑程序，也是女性。女性科技人才是科技人才队伍的重要组成部分，是我国科技事业十分重要的力量，激发她们的创新潜能，需要营造更公平的事业发展环境。

这也是为科研人员打造更和谐的环境。

女性科技人员的职业通道，主要堵点在哪？从人才储备看，"女性不适合理工科"的学科性别刻板观念，让很多有潜力的女生从高中阶段就选择了文科，女性科技后备人才队伍还需壮大；从中坚力量看，女性生育期和职业发展上升期在时间上重合，面临工作与家庭的双重压力，女性科技人才上升空间不足；从决策层面看，在国家科技项目、奖励、人才计划的评审人员中，女性专家比例都偏低，由此也带来广大女性科技工作者的话语权不足、支持资源不足等现实问题。

值得期待的是，此次发布的《若干措施》已经注意到女性科技人才各发展阶段面临的上述现实问题，并设计了相关解决方案。比如，在考核评价、岗位聘用等环节，对孕哺期女性科技人才适当放宽期限要求、延长评聘考核期限。

针对女性科技人才的这些政策设计，体现了和谐、可持续的发展理念。我们期待着，这些政策设计能早日落实到各高校、科研院所和企业的具体规章制度中，创造性别平等型、生育友好型的科研工作环境。

科创之声

　　科研离不开"她"力量。坚持性别平等、机会平等，将激励更多女性投入创新中国建设，将支持更多女性成为优秀领军人才，将在世界科技强国建设中获得更多"她"力量。

（刊发于 2021 年 7 月 25 日关注版）

奥运奖牌的背后是科技

在东京奥运会上，中国运动员表现优秀，呈现了许多精彩瞬间。在这些激动人心的场面背后，离不开高科技的辅助。

高科技在体育竞技中的应用，帮助中国运动员延长运动寿命、打破运动纪录。

在奥运会上以9秒83创造亚洲男子百米短跑纪录的苏炳添，把自己的论文带火了。在这篇论文里，苏炳添等作者总结了新时代以来中国男子100米短跑跻身世界前列的经验，"践行科学化训练理念"被放在六大原因之首。

在苏炳添的训练中，计算机仿生模拟给出了跑步时步长、预备时膝关节角度等多方面数据。这是典型的科研型训练，即以"冠军模型"为指导，通过高速相机、生化分析仪、人工智能分析系统等各种高科技设备和技术，对运动员进行全方位监控，制订个性化、数据化的训练方案，全面提升其竞技能力。

这种科学训练的提升效果显著，让曾因伤病计划退役的苏炳添，在被视作运动员"高龄"的32岁时，创造了个人最好成绩。这并非特例。本届奥运会中，有多位年过三十的中国老将喜获金牌，他们运动巅峰期的延长，与科研团队的支持密不可分。

高科技在体育竞技中的应用，也是中国科技实力和综合国力提

科创之声

升的体现。

在本届奥运会中，夺得金牌的游泳和赛艇项目都获得了中国"风洞"技术的加持。这其实是航空航天科技的外溢。风洞是空气动力学研究和试验中最广泛使用的工具。通俗地讲，"风洞"原本被用来研究飞机、导弹等会遇到气流问题的飞行器，现在拿来研究会遇到气流或水流问题的运动员也一样适用。此前，利用"风洞"进行针对性训练，提高运动员成绩的方式，已被英、德、美、加等国广泛采用。

网友把帮助我国女子四人赛艇项目夺金的"风洞"技术称为"亦可赛艇"，这个词组谐音英语单词"exciting"，意为"激动人心的"。20世纪五六十年代，老一辈科学家曾在大山里筚路蓝缕建设风洞，为飞行器研究奠定基础。如今，反映一国航空航天科研水平的风洞技术，已经可以从容应用于运动员成绩的提升，这不能不让人感到激动和自豪。

现代体育竞赛绝不是一个人的"战斗"。奥运会激发运动员的拼搏精神，挑战人类身体极限，也暗含着国与国之间的比拼较量。科技的投入，可以帮助运动员在他国垄断的领域打破空白，成为世界顶尖选手；可以帮助运动员减少伤病，科学探索更高、更快、更强的人体极限；可以从运动实践中反馈数据，促进我国运动科学水平的提升。

苏炳添的论文和"亦可赛艇"的风洞，看似两个偶然出现于本届奥运会的网红符号，实则是中国科技实力和综合国力提高的生动展示。

（刊发于2021年8月8日关注版）

"英雄帖"能否带来"新文化"

近日,科技部广发"英雄帖",面向全社会征集颠覆性技术研发方向的建议,重点征集可能在未来一段时间内产生重大突破,并能够带来产业升级换代或具有巨大市场潜力的颠覆性技术。这条消息引发了很多网友的关注。有人说:"科技部已经知道真正的高手在民间了!"有人说:"小心'民科'!熟鸡蛋返生养小鸡也很颠覆呢!"也有人想起科幻电影,提议:"要不咱们先造个行星发动机?"

从网友的反馈看,科技部这个征集活动成功"破圈",引发了大众的真切关注与善意调侃。

为什么要征集颠覆性技术?

颠覆性技术是另辟蹊径的革新,是科技创新的重要突破口,具有重塑人类生活、工业生产、商业消费模式的革命性意义。数码相机颠覆胶片相机就是一个典型案例。"颠覆性技术"概念最早于20世纪90年代被美国哈佛商学院教授克莱顿·克里斯滕森提出,之后经常出现在不同学科领域,对国家经济、国防安全、国际关系等方面产生深远影响。许多国家和地区都已出台政策推动颠覆性技术的发展。

当今世界,国际竞争激烈,单边主义、保护主义上升,中国要推动高质量发展、构建新发展格局,就必须把原始创新能力提升摆在更加突出的位置，努力实现更多"从0到1"的突破。颠覆性技术创新，是掀翻桌子、另辟赛道的异军突起，是突破旧格局、反击"卡脖子"的应时之举。

征集活动体现什么新变化？

首先，这是对传统科研范式的突破，是对新型创新模式的探索。

我国重大科技任务的确定和完成，一般都是自上而下，由智库专家调查研究后提出建议、由政府部门综合评判后作出决策、由科研团队申请项目后完成研发。这种模式，有利于满足国家重大需求、体现国家战略意图，在实战中逐渐形成建制化的国家级研发力量。而此次发"英雄帖"征集颠覆性技术的模式明显不同，是自下而上，直接面向企事业单位和社会公众，以无纸化方式在线进行，并长期开放相关渠道。这是在探索建立项目发现、遴选和资助的新机制，创新之处令人期待。

其次，这是对全民科学精神的引导，是对社会创新文化的培育。

"硬科技"革命离不开良好的"软环境"。颠覆性技术项目要想获得市场认可，提高民众科学精神、培育社会创新文化是应有之义。有人担心广撒"英雄帖"会引来太多"大忽悠"，招来"水变油""熟鸡蛋返生"之类的骗局，这有道理，但不必过忧。此次科技部征集活动，提交建议者需从颠覆性技术介绍、颠覆性技术研究现状、为什么是颠覆性技术、技术解决的主要问题、颠覆影响力、主要应用场景与市场规模等方面进行详细说明。显然，背后有一套去芜存菁的筛选机制。书读百遍，不如实践一遍。这种长期开放的征集机制，带着"野无遗贤"的良好期盼，也将有选贤育贤的实际效能，可能发现并扶持一批开展颠覆性技术创新的优秀人才和团队。

"英雄帖"能否带来"新文化"

科技部向社会征集建议、用于重大科技创新方向前瞻布局,是一次大胆的机制创新。颠覆性技术的"英雄帖",能否带来全民支持创新的"新文化"?让我们拭目以待。

(刊发于 2021 年 8 月 29 日关注版)

德国制造怕中国制造了吗

在国人眼中,"德国制造"代表着高端优质产品,"中国制造"应该向"德国制造"学习。但最近德国媒体和德国研究机构频频发文表示,中国制造太厉害,德国制造或将输。这不禁让人感到诧异:"德国制造"难道怕了"中国制造"?

让我们具体分析。

首先,中国制造确实在提升,这是我们多年努力的结果,值得肯定。

据德国机械设备制造业联合会研究报告数据,2020年中国机械设备出口1650亿欧元,占比15.8%,首次超越德国位居全球第一;德国以1620亿欧元的出口额位居第二。德国联邦外贸与投资署的最新研究预测,2021年的机械设备出口,中国将扩大领先优势至470亿美元,德国在该领域的领先地位将长期让位于中国。

中国过去仅向欧盟出口纺织品、玩具或标准化消费电子产品等,现在包括医药产品、光学产品、电气设备、机器、机动车辆等更多复杂工业产品被出口到欧盟。这些可喜的变化说明,中国制造不仅在出口数量和市场份额上提升,在质量和品类方面也有明显进步。

但要看到的是,德国制造依然实力雄厚,中国制造还没到"飘"的时候,还需戒骄戒躁。

很多人对竞争对手的威胁,常常会夸大。比如德国《商报》最近的一篇文章提出,中国正在制定工业标准,德国公司已被甩在后面。但仔细分析文章内容就能发现,这个说法过于耸人听闻!按该文数据,从2010年到2020年,国际标准化组织(ISO)的一家委员会中,中国从31人增加到64人,德国从132人增加到134人。

8000多万人口的德国,在国际标准化组织中的委员人数,比14亿人口的中国多一倍。应该努力追赶的,明明是中国!

不只是德国,近年来,美国、日本等多个发达国家的智库专家都越来越重视对中国科技和工业的分析,甚至抛出"中将赢"论,我们对此不能飘飘然,应该冷静和警惕——这或许只是在给"中国威胁论"增添并不牢靠的论据。

近几年,美西方对我国遏制打压、技术封锁,中国制造业尤其是高端制造业,面临着多项"卡脖子"威胁。对此,中国以科技创新谋求高水平自立自强,加强基础研究、促进产学研合作、加快产业链和创新链的深度融合,制造业竞争力越来越强。这种重压下不退反进的韧劲和潜力,确实让一些发达国家感受到了挑战。但"中国威胁论"只是杞人忧天:中国开放的大门不会关闭,只会越开越大,中国人有构建人类命运共同体的大格局,乐于共赢、不搞霸权、不吃独食。

面对错综复杂的国际环境带来的新矛盾新挑战,中国还需继续做强实体经济,中国制造还有很大进步空间。期待着中国制造继续在重视原创、磨炼技术、提高质量、制定标准上多下功夫,真正成为制造业领域的"金字招牌"。

(刊发于2021年9月5日关注版)

"元宇宙"究竟是不是新科技

2021年的互联网投资圈里,"元宇宙"堪称"最靓的崽",相关概念股备受资金追捧,百度、腾讯、字节跳动等互联网巨头纷纷加入"元宇宙"赛道,虚拟现实、网络游戏、云计算、超高清视频、数字孪生等多个产业链从中受益。

很多人不禁要问:"元宇宙"到底是何方神圣?它到底是科技概念还是"韭菜"担当?

"元宇宙"概念很宽泛,简单地说,它是互联网的下一个阶段,是由增强现实(AR)、虚拟现实(VR)、三维技术(3D)、人工智能(AI)等技术支持的虚拟现实的网络世界。它脱胎于现实世界,又与现实世界相互影响,能达到真假难辨、虚实混同的境界。

对于科幻迷来说,"元宇宙"(metaverse)不算啥新概念,而是一个将近而立之年的老"梗"。它最早由美国科幻作家尼尔·斯蒂芬森在1992年的小说《雪崩》中创造,书中描述了一个平行于现实世界的网络世界,未来人类在这个沉浸式数字世界中,以虚拟替身的形式相互交流。后来的科幻电影《黑客帝国》《头号玩家》中,都可以看到"元宇宙"。

当然,科幻中的老概念,在技术进步后可能会变成现实中的新概念。对于资本市场来说,"元宇宙"成为火爆新概念,并非偶然,而是由一系列因素决定的。

从社会因素看：近年来发布会、演唱会、毕业典礼等许多真实场景被搬到虚拟世界中，加速了人类社会数字化迁徙的速度，也加速了"元宇宙"时代的到来。

从技术因素看："元宇宙"需要通过AR、VR、脑机接口等交互技术，提升虚拟世界的沉浸感；需要通过5G、云计算技术，支撑大规模用户同时在线；需要通过区块链、AI技术降低内容创作门槛，提升用户参与度，实现"元宇宙"与现实社会高度同步……

这些"刚需"技术，有的进步很快，有的仅见雏形，目前构造一个初级、原始版"元宇宙"的技术基础已经具备，但离构建一个令人沉浸其中的理想"元宇宙"还相距甚远。

这个技术特性，也体现在相关公司上。今年3月，Roblox上市，上市首日公司估值就从一年前的40亿美元升至超过400亿美元，被视为带来"元宇宙元年"的"元宇宙"第一概念股。但Roblox只是一个少儿版"元宇宙"，用户主要是儿童和青少年，可在该平台上创建他们自己的3D世界和游戏，游戏画面却很简单，具有浓浓的像素游戏风格，远远谈不上"元宇宙"概念里那种"逼真的物理世界"。

"元宇宙"何时才能脱离像素游戏的初级阶段，实现真正的平行虚拟世界？这有待于相关技术进步，可能需要10年、20年，甚至更久。

对于老百姓来说，可以对技术进步带来的"元宇宙"新世界保持美好期待，但一定要谨慎投资。故事越动听、概念越宏大，就越要捂好自己的钱袋子。毕竟，通过讲故事、炒概念来"割韭菜"，已经是屡见不鲜的老套路了。

（刊发于2021年9月12日关注版）

如何破解"徐工之问"

又是新一轮应届毕业生的入职季。在这个入职季里，笔者听到有人在议论"徐工之问"：徐州工程机械集团为何招不来博士生？

原来，徐工集团从20年前就开始引进博士，但如今近3万名员工里，博士学历者仅53人。徐工集团是中国工程机械行业排头兵，在2021全球工程机械制造商50强排行榜中位居世界第三。为何这样的制造业龙头企业却招不来博士生？

徐工的博士不仅少，离职率还有点高，近三年的博士离职率达21.8%。另外，徐工近三年的绩效考核中还末位淘汰了5名博士。这种博士与企业双向满意度不高的问题，并非徐工独有，而是制造业企业的常见现象。高校培养方向与企业实际需求脱节，善于写论文做研究的博士不一定能解决生产实践中的卡脖子技术难题，是造成这种现象的根本原因。

如何破解"徐工之问"，让更多高端人才进入企业，促进中国制造转型升级？

首先，要培养更多理工科博士。

当今世界正面临新一轮科技革命和产业变革，人工智能、合成生物学、量子计算、新能源、新材料等技术，将会重塑一个国家的经济和安全格局，各国要想在这些新兴产业中竞争，就必须培养储备强大的理工科人才库。博士培养处于国民教育顶端，持续扩大理工科博士招生规模，才能满足中国推动产业升级、经济转型的需要。

过去20年，中国理工科博士培养规模一直在扩大，这有利于提升国家科技竞争实力。据美国乔治城大学最新研究报告显示，2000年美国大学在理工和技术领域授予博士学位的数目是中国大学两倍；但到2007年，中国的理工博士人数就超过了美国。

随着博士培养规模的扩大，必然会有越来越多的博士选择进入企业就职。据有关调查数据，2007年，中国博士毕业生选择到企业就业的比例仅为5.9%。另一项调查显示，到2018年，教育部直属高校博士毕业生选择到工业领域就业的比例急速攀升至19.39%。

其次，增加专业学位博士比例。

我国有两类博士，专业学位博士和学术学位博士。专业学位主要培养高层次应用型专门人才，学术学位主要培养学术研究人才。专业学位博士显然更符合制造业实际需要，但在我国博士招生中占比太低。据统计，2019年，专业学位博士招生10386人，占比9.9%。

学术博士多，专业博士少，毕业生进高校或研究所做研究、发论文，远比去企业做技术攻关更容易适应，这也影响了博士们的就业意向。同是在徐州，江苏师范大学和中国矿业大学的专任教师岗位里，博士都是1000多人的量级，比徐工高多了。因此，要让更多博士选择去企业就职，增加专业学位博士的招生比例势在必行。

最后，改革博士招收培养机制。

很多博士是从校门到校门，一路在象牙塔中培养，没有做过参与市场竞争的产品，难以理解企业的实际需求。要想培养更多有实践经验、能结合市场需求的博士，必须进行博士培养机制的改革。

比如，高校招收博士，能否给出一定比例的名额，要求生源具备企业从业经历？再如，博士论文的选题，能否有一部分来自企业的需求榜单？

在科技创新引领制造强国建设的今天，"博士下工厂"大有可为。期待未来有更多博士投身制造业企业，让中国制造早日由大变强。

（刊发于2021年9月19日关注版）

掂掂二点四万亿元的分量

近日，国家统计局、科学技术部和财政部联合发布的《2020年全国科技经费投入统计公报》显示：2020年，我国研究与试验发展（R&D）经费投入总量突破2.4万亿元，达到24393.1亿元。

2020年我国国内生产总值为101.6万亿元，是中国GDP历史上首个"百万亿元"。超2.4万亿元的研发投入，意味着我国研发经费投入强度，即研发投入与GDP之比为2.4%，比上年提高0.16个百分点，提升幅度创近11年来新高。

这个研发投入强度在世界上处于什么水平？

根据经合组织（OECD）今年3月公布的数据，2019年经合组织研发强度接近2.5%。其中以色列和韩国研发强度达到了4.9%和4.6%，强度最高；美国、德国、日本均突破3%，分别为3.1%、3.2%、3.2%。

相比少数发达国家3%以上的高投入强度，我国2.4%的研发经费投入强度虽有差距，但已接近OECD国家平均水平。从研发经费总量看，我国仅次于美国，稳居世界第二。从研发经费涨幅看，我国近几年每年的研发经费增长均超过10%，增速领跑全球。

可以说，2.4%的研发经费投入强度，对中国这样的中等收入经济体来说，堪称慷慨大方，充分体现了中国对科技创新的重视程度。

科创之声

中国是一个发展中国家,需要用钱的地方多如牛毛。科技创新是面向未来的投资,似乎不如民生投入或安全投入那样紧迫,因此总有人质疑大规模科研投入的必要性。在GDP过百万亿元的同时,研发投入超过2.4万亿元,必要性体现在哪里?

不谋全局者,不足以谋一域;不谋万世者,不足以谋一时。中国经济规模越大,遇到的风险挑战就越大。GDP过百万亿元,更应居安思危,增强实力,防范风险。

从"二战"后世界各国的发展经历看,经济增长充满变数,一些曾创造过增长奇迹的国家和地区,在遭遇冲击后经济衰退,堪为中国的前车之鉴。巴西、阿根廷等拉美国家在20世纪六七十年代经济高速增长,却在90年代债务危机的冲击下一落千丈;曾为世界第二号经济强国的日本,在经济泡沫破灭后,自20世纪90年代以来经济长期低迷,被称为"失落的30年";崛起于20世纪60年代到90年代的亚洲"四小龙",曾创造高速增长的"东亚奇迹",却不敌1997年东南亚金融危机的冲击,20多年来复苏乏力,除韩国外都难以摆脱经济疲软的阴霾。

对中国来说,发展是解决一切问题的总钥匙,科技创新又是推动中国经济高质量发展的关键要素。一个经济体的科研实力,常常随着其研发经费投入的增加而增强。研发投入强度,也是经济转型力度的一个重要参数。

用2.4万亿元的研发投入,为百万亿元的中国经济买一个积蓄潜力、稳健增长的未来。这笔生意,你说值不值?

(刊发于2021年9月25日关注版)

航展"赛宝"晒出中国自信

本周最引人注目的科技盛会,是在珠海举办的第13届中国航展。各参展单位竞相"赛宝",展出了很多平时难得一见的大国重器,还让航展版"凡尔赛"体在网上持续走红。

运-20换了"中国心"后,能力更强大。

歼-20"天上不止15架,地上还有一大堆"。

未来将建设火箭快速发射工位,"7天就能实现1次发射"。

……

以上是本届航展中专家们接受采访时说过的"高亮"话语。国产发动机能力更强,战斗机以"堆"论,火箭发射将实现"周更",这些话语符合网络"凡尔赛文学"貌似平凡低调,实则疯狂炫耀的精髓,迅速在网上走红。

是专家们"飘了"吗?其实不然。

航展版"凡尔赛",晒的是科技自立自强。

航空航天,论科技含量是高精尖,论重要性是大国重器,这样的科技买不来,这样的重器必须掌握在自己手中。为这样的事业自力更生艰苦奋斗,既是光荣传承,又是应有之义。先辈们从"一穷二白"起步,创造了"两弹一星"的奇迹,是科技自立自强;后辈们在激烈的国际竞争中奋发有为,取月壤、探火星、建中国空间站,也是科技自立自强。

根深方能叶茂，自立自强的中国航空航天科技体系，基础坚实，前途远大。建国70余年，几代人为航空航天事业接续奋斗，做出令人骄傲的成就，爱国情闪闪发光，强国梦熠熠生辉，晒晒又何妨？

航展版"凡尔赛"，晒出了综合国力提高。

以中国空军的展示为例，本届航展上展示的"黑科技"，不仅体现在歼-20这类主攻机型上，还体现在各种用于助攻的电子战飞机、侦察机、教练机上。它们的成体系出现，说明我国正从空军大国，迈向骨坚肉实、耳聪目明的空军强国。今天，中国的战斗机高产到可以论堆；而1949年开国大典上，飞机太少只好飞了两遍。这样的今昔对比，反映了我国综合国力提高的程度有多么惊人。

实力是话语权的基础。中国人在航展上"放飞神剑、收获和平"，以更加积极开放的姿态推动更广泛、更深入的国际交流合作，展现了为构建人类命运共同体贡献中国智慧的大国担当。

航展版"凡尔赛"，晒足了中国道路自信。

航空航天成就对爱国主义教育作用巨大。每一次火箭发射、舰船下水、飞机首飞，都是一堂生动的爱国教育课。我们在航空航天事业中取得的一个又一个成功，是中国共产党领导的成功，是举国体制的成功，是人民群众的成功。

航空航天事业的成就，充分展示了伟大的中国道路、中国精神、中国力量，坚定了全国各族人民实现中华民族伟大复兴的中国梦的决心和信心。

创新是一个国家兴旺发达的不竭源泉，也是中华民族最鲜明的民族禀赋。航空航天事业激发了中华民族崇尚科学、探索未知、敢于创新的热情,把中华民族非凡的创造力刻在了人类文明发展的光辉史册上。这样的"凡尔赛",难道不是越多越好?

(刊发于 2021 年 10 月 3 日关注版)

以平常心看待诺贝尔科学奖

在刚刚过去的国庆长假里,诺贝尔奖的三大科学奖项次第公布。今年的诺贝尔生理学医学奖授予发现了人体感知温度、压力及疼痛的分子机制的2位科学家,物理奖授予在理解复杂物理系统方面有开创性贡献的3位科学家,化学奖授予对有机小分子不对称催化作出重要贡献的2位科学家。

在向公众科普相关获奖项目的同时,不少科技工作者也感到遗憾,因为今年的诺贝尔科学奖获得者中,又没有中国科学家的身影。笔者认为,要以平常心看待。

诺贝尔科学奖有标志性。

自1901年首次颁奖以来,120年中,诺贝尔科学奖作为全世界公认的自然科学领域最高荣誉奖,表彰了数百位在物理学、化学、生理学或医学上对人类作出重大贡献的科学家,几乎囊括了20世纪以来最具原创性的重大成果和突破性进展,代表了现代科学研究的主要趋势。

看重诺贝尔科学奖,期待更多中国人获奖,这是好事,能让我们更关注基础研究和原创成果,推动中国科技向着更高处发展。但要让中国人成为诺贝尔科学奖领奖台上的常客,首先要正视差距,构建更好的科研软环境,营造更好的创新文化氛围,让更多热爱科学的高素质人才可以安心从事基础研究。

诺贝尔科学奖有滞后性。

在目前诺贝尔奖的自然科学奖项中，获奖的中国本土科学家仅有屠呦呦1人。此外，获奖的华裔科学家还有8人，其中杨振宁已放弃美国国籍转为中国公民。也就是说，目前中国籍的诺贝尔奖科学家仅有2人。

有人拿日本做对比：日本政府曾经在本世纪初制订过50年拿30个诺贝尔科学奖的计划，至今21年中，日本已经有20位获得者。即便排除其中3位获奖时已入籍美国的科学家，也有17人。

同为亚洲人，为何日本的诺贝尔奖科学家比中国多这么多？这其实是奖项滞后性和中国作为发展中国家的学术基础薄弱这两方面因素叠加造成的。诺贝尔科学奖具有明显滞后性，获奖项目通常都是科学家们在几十年前取得的成果。21世纪日本获得众多诺贝尔科学奖的技术源头，多来自其经济高速发展的20世纪七八十年代。学术研究是需要大量投入的，发展中国家学术基础薄弱。中国科研经费大幅度提高和科研产出爆发，都是近些年的事情，要像日本那样成为诺贝尔科学奖常客，恐怕需要静待花开。

诺贝尔科学奖有局限性。

诺贝尔科学奖也有给错的时候，而且并不罕见。最出名的失误是1949年获奖的前额叶切除术，这种手术被用于治疗精神疾病，造成数十万人不幸伤亡后，被各国禁止。诺贝尔科学奖的局限性还体现在种族歧视和性别歧视上，获奖者主要是"穿实验室白大褂的老白人男士"，有色人种和女性科学家获奖比例太低，与科研界现状不符。

总之，对待诺贝尔科学奖，我们既不能不屑一顾、狂妄自大，也不能膜拜迷信、无限拔高,而是要有吸收、有鉴别,以科学态度评价它,用科学规律认识它,用平和、超脱的心态看待它,努力促进诺贝尔奖级别的重大原创性成果的产出,让中国科技事业行稳致远。

(刊发于2021年10月10日关注版)

中国人为啥争当"太空常住人口"

随着神舟十三号的成功发射，翟志刚、王亚平、叶光富3位航天员已奔赴中国空间站，他们将在太空中工作生活6个月。在我国，常住人口的统计时间标准为半年，即一年内在某地住满半年即为该地常住人口，按照这一标准，这3位航天员就是中国首批"太空常住人口"。这也是我国航天员首次执行长达半年的空间驻留任务。

这不禁让人感慨中国载人航天事业的进步之速：2003年10月15日，浩瀚太空才迎来第一位中国访客杨利伟；仅仅18年后，中国人就建起了空间站，实现了太空常住。

太空居，大不易，首先需要很高的成本。已经运行了20多年的国际空间站，每年维护费用高达40亿美元，光宇航员平均每人每天花费约750万美元。如此高成本，为啥中国人还要争当"太空常住人口"呢？

太空常住是探索未知的需要。

可以常住的空间站，本身就是非常难得的微重力实验室。在地面上创造的微重力实验环境每次只能持续几秒钟，而空间站长期太空飞行所提供的近乎无限时的微重力科研条件，可以得出在地面得不到的实验结果。研究微重力环境下各种物理和化学过程，能给基础科学带来前所未有的发现；利用微重力环境，可制备在地面条件下难以获取的新物质、新材料；微重力环境下的细胞生长也与地球不同，能让我们更深切地认识生命科学的基本问题。

空间站不仅提供了微重力环境，还可以帮助我们长期观测地球，同时获得空间站运行轨道内的太空辐射和电磁场长期数据，可以研究其对人类身体、各种仪器和材料的影响等。

见多才能识广。浩瀚宇宙是人类探索未知的宝库，空间站是通往宝库的桥头堡，太空常住人口就是桥头堡里的先遣军。中国人不能缺席新一轮的科技革命，那就必须要有自己的"太空常住人口"。

太空常住是星辰大海的起点。

探索宇宙是全人类的共同梦想，对未知世界的探索，是人类文明和科学技术进步发展的永恒动力。只有通过不断的技术积累，我们才能监控预测气候变化，拓展生存空间，从行星文明迈向星系文明。

未来，将有更多中国人进入更远的太空，现在，我们需为此积累经验、做足准备。中国空间站有人类长期在轨生活并进行空间技术实验，这是为将来更长距离、更大规模星际旅行展开的预演。中国空间站将成为各种创新技术的试验场，集成各领域的高、新科技成就，同时又给各领域发展提出新的要求，继而推动和促进整体科技水平的提升。

万里之行始于足下。太空常住是我们迈向星辰大海目标的起点，中国空间站也将成为造福全人类的太空实验室，必将为人类文明进步作出独特贡献，中国的"太空常住人口"也必将越来越壮大！

（刊发于2021年10月17日关注版）

"挖矿"是落后工艺不是高科技

近日，一条整治虚拟货币"挖矿"的新闻，让网友们对"挖矿"企业发动了"群嘲"技能。

10月21日，国家发展改革委在官网上发布关于修改《产业结构调整指导目录（2019年本）》公开征求意见的通知，计划在该目录淘汰类"落后生产工艺装备"中，增加虚拟货币"挖矿"活动一项。

消息一出，不少网友在评论区说起了俏皮话："哈哈哈，这个帽子是我没有想到的！""确实落后，高耗能，纯靠堆显卡！"

这种群嘲正是源于讽喻味十足的现实：过去，"挖矿"企业常以"大数据""区块链""云计算""超算中心"等作幌子，把自己伪装成"高科技"，骗取地方对高科技企业的优惠扶持；而最新通知把"挖矿"企业的"高科技"面皮撕掉了不说，反手就把"落后工艺"帽子给人戴上了，堪称伤害性不大，揭露性极强。

说伤害性不大，是因为主要伤害此前已经输出过了。相关部门多次发文，全面禁止虚拟货币"挖矿"，大量"矿场"已被关停；说揭露性极强，则是因为"挖矿"的"高科技"面具确实迷惑了一些不明真相的公众，最新通知点明"挖矿"企业"落后生产工艺"的属性，有助于公众破除迷障，深化认知。

"挖矿"落后在哪？

高耗能。"挖矿"指虚拟货币"生产"过程，实质是通过计算机设备投入大量算力"解密码题"，需耗费巨大电力。一台矿机运行24小时耗电量相当于一个5口之家的月用电量。剑桥大学发布的数据显示，比特币"挖矿"一年约消耗133.68太瓦时用电量，超过2020年瑞典全国用电量。

高污染。如果矿机使用的是火电，它们所消耗的巨额电力通常意味着大量碳排放和严重空气污染。矿机折旧也会带来大量电子垃圾。最新研究显示，比特币"挖矿"每年产生多达3.07万吨电子垃圾。电子垃圾中含大量有害的重金属和化学物质，回收不当就会污染土壤、水。

高危害。矿机耗电大，会挤占工业和民生用电，造成"电荒"，损害社会经济。虚拟货币具有高度匿名性、去中心化特点，易成为洗钱、贩毒、走私、非法集资等违法犯罪活动的载体。

低产出。"挖矿"不能生产出实际的产品，只生产出虚拟货币。虚拟货币没有实际价值支撑，对当地经济发展并无多少益处。此前曾有报道称，内蒙古一家"挖矿"企业，2021年前4个月的月均耗电量达4500万千瓦时，纳税仅9万元。能耗之大和税收之少严重不匹配。

我国在进行产业结构调整的过程中，已经淘汰了不少"落后生产工艺设备"，它们往往具备高耗能、高污染、高危害、低产出等特点中的一条或多条。而对"挖矿"来说，这四条全中。说"挖矿"落后，委实不冤。

"挖矿"不是什么高科技。这种落后生产工艺，只会争抢宝贵的电力，浪费巨大的资源，埋下太多的隐患，必须坚决整顿！

（刊发于2021年10月24日关注版）

"科学家协会奖"能办出影响吗

本周,在上海召开的第四届世界顶尖科学家论坛上,主办方宣布创设"世界顶尖科学家协会奖",含"数学与智能科学奖"和"医学与生命科学奖"两个单项奖,各奖1000万元,每年评选一次,明年启动首届评选。

近年来,随着中国经济的崛起,由企业发起的科学大奖逐渐兴起,奖金都颇为可观。比如,2016年成立的"未来科学大奖"每年评选一次,单项奖金100万美元。2018年设立的"科学探索奖",面向45岁及以下的青年科技工作者,获奖者每人将在5年内获得总计300万元的奖金。

中国企业发起设立的科学大奖能否办出影响,这要看它能否闯过三道关卡。

特色关。

画家齐白石曾说:"学我者生,似我者死。"意即向我学习的人可能成功,但只知模仿不懂创新的人一定会失败。这个道理也适用于科学奖的设立。一个新设的科学奖,目标不是要做"诺奖第二",而是要做"本奖第一",是要获得可以与诺奖相媲美的国际学术声誉和影响力。因此,新设奖项不能一味模仿诺奖,必须有自身无可取代的特色,评选结果也要公正,要建立起奖项的学术声誉。

这方面，菲尔兹奖是成功先例。1936年首次颁发的菲尔兹奖比诺贝尔奖晚几十年，奖金也少很多，每位获奖者奖金仅1.5万加拿大元，却成功跻身于数学领域的国际最高奖项之一。菲奖与诺奖相比差异鲜明，其独特定位或许是成功的重要因素：领域不同，诺奖没有数学奖，菲奖专注数学领域；周期不同，诺奖一年一次，菲奖四年一次；获奖者年龄不同，诺奖虽不限年龄，但多数获奖者年龄偏大，而菲奖要求获奖者年龄不满40岁，只面向更具潜力的年轻数学家。

时间关。

"靡不有初，鲜克有终"。科学奖需经受时光的考验，砸重金开好头容易，善始善终坚持下去很难。诺贝尔科学奖从1901年首次颁奖至今，已有120年。坚持这么长时间，科学奖本身的声誉会历经时间积累而获得滚雪球式增长，形成"德高望重"的效应。

资金关。

一开始就撒出重金的科学奖项，如果想做成百年老品牌，就必须考虑通货膨胀，建立起奖金的长效动态增长机制，否则物质方面的吸引力会随着时间流逝而下降。1901年，诺贝尔奖的单项奖金为15万瑞典克朗，是当时一名瑞典教授年薪的20倍，算重奖。但2021年，一名瑞典教授两个月就能赚到15万瑞典克朗，诺奖单项奖金已涨到1000万瑞典克朗。可见，要给科学家发大奖，必须建立起善于理财的奖项基金管理团队。

近几年，中国企业家开始投入科技奖，重奖科学家，这是好趋势。期待着，创设于中国境内的科学奖项，能闯过特色关、时间关、资金关，成为世界顶级科学大奖。

（刊发于2021年11月7日关注版）

华为因何捐赠欧拉

在本周举办的"操作系统产业峰会2021"上,华为将欧拉正式捐赠给开放原子开源基金会。这是一次意义深远的捐赠,意味着中国数字基建正式开启了统一基础软件的新时代。

华为因何捐赠欧拉?

这要先从"欧拉是什么"谈起。在捐赠欧拉之前,华为也将鸿蒙捐赠给了开放原子开源基金会。欧拉与鸿蒙都是华为主导研发的开源操作系统。鸿蒙面向智能手机等所有智能终端,服务C端客户;欧拉则面向所有数字基础设施,包括服务器、云计算、边缘计算等,服务B端客户。

人们常说,中国信息产业"缺芯少魂"。"芯"指芯片,"魂"指操作系统。操作系统是最重要的基础软件之一,处于信息产业上下游生态的枢纽位置,向下需要兼容不同的底层硬件,向上需要支持各类应用中间件与应用软件。它是数字经济的底座,也是我国信息产业的短板。中国拥有全世界最庞大的数字社会,截至2021年6月,中国网民规模达10.11亿,却缺乏相应地位的操作系统。2020年,在全球操作系统、基础软件领域中,美国业务收入0.81万亿美元,占全球业务收入80%;中国业务收入0.036万亿美元,仅为美国的4%。中国国内的操作系统市场也被外资垄断,外资占比高达

92.9%。

对于中国信息产业来讲,操作系统是与芯片同等重要并亟待突破的关键核心技术短板。而要实现操作系统的突破,"统一"是一个最难做到却又必不可少的关键点。

过去十几年来,中国不断加大在操作系统领域的投入,但"村村点火、户户冒烟",企业分散、生态割裂、应用重复开发、难以有效协同。再对比国际操作系统巨头所占据的市场份额,中国企业这种"散乱小"的发展显然难以为继,更谈不上弯道超车。统一操作系统,是中国基础软件业增强国际竞争力的关键。

欧拉的捐赠,正是迈向中国操作系统"统一"目标的关键一步。

欧拉具备统一中国操作系统的良好基础。欧拉其实早在2019年底就已正式开源,开源后得到产业界的积极响应和支持。麒麟软件等十多家合作伙伴,已经基于欧拉推出了服务器操作系统,并进入政府、运营商、金融、电力等多个行业,实现规模商用60多万套。目前,欧拉社区已有近万名开发者,超过300家企业加入,成为国内最具活力和最主流的基础软件生态体系。此外,欧拉和鸿蒙已经实现了内核技术共享,未来将更好地服务数字化全场景。

欧拉的捐赠非常彻底,有助于实现中国操作系统的真正统一。华为捐赠欧拉,是毫无保留的完整捐赠,开源操作系统代码、品牌商标、社区基础设施全部包括在内。在捐赠之前,欧拉的开源是华为主导的开源,代码、品牌、基础设施都是华为从企业角度主导;在捐赠之后,欧拉开源社区从原属华为的资产变为社会共同拥有,从原来的企业主导变成产业主导、开放自治。这样完整的捐赠,可以打消合作伙伴的顾虑,构建更繁荣的产业生态。

创新没有捷径，产业生态的完善是一场任务艰巨的长跑。未来，中国人能否围绕欧拉打造出统一的基础软件生态，为数字经济发展构建坚实而强大的生态底座？让我们拭目以待。

（刊发于 2021 年 11 月 14 日关注版）

喜看"高被引科学家"年年高

本周，专业信息服务提供商科睿唯安发布2021年度"高被引科学家"名单，来自全球70多个国家和地区的6602人次入选；中国内地935人次入选，占比14.2%，排名全球第二。这个数字反映出一个良好趋势：中国有重要学术影响力的顶尖科学家越来越多了。

为何说"高被引科学家"是顶尖科学家呢？科学家发表论文，并被数据库收集，其他学者写作时检索数据库信息，引用这篇论文。这些被引用的论文是"被引文献"，其作者就是"被引科学家"。如果一个科学家的论文被人引用次数很多，他就是"高被引科学家"。能进入年度榜单的"高被引科学家"都是科学家中的佼佼者，意味着过去10年间其论文被引频次位于同学科、同发表年份的前1%，在其研究领域具有世界级影响力。

看看前几年的"高被引科学家"榜单。2018年，中国内地482人次入榜，占比7.9%，排名全球第三；2019年，中国内地636人次进榜，占比10.2%，取代英国成为全球第二；2020年，中国内地770人次上榜，占比12.1%，再次排名第二。从这些数据看，中国"高被引科学家"人次近几年稳步增长，且涨幅惊人。

"高被引科学家"年年高，反映了中国科研实力的增强。

当前，新一轮科技革命和产业变革突飞猛进，科学研究范式正在发生深刻变革，学科交叉融合不断发展，科学技术和经济社会发展加速渗透融合。中国要抓住新一轮科技革命和产业变革的机遇，必须在世界各国的人才竞争、教育竞争中脱颖而出。根深叶茂，本固枝荣。经过多年努力，我国科技整体水平大幅提升，越来越多的科技顶尖人才有了乘势而上、大展宏图的发展空间。"高被引科学家"年年高，是中国科技整体实力提升后的必然表现，是值得高兴和庆祝的喜事。

"高被引科学家"年年高，昭示了中国科研进步的潜力。

"高被引科学家"榜单中，中国排名第二，第一名是多年来居首的美国。2021年度名单中，美国共有2622人次入选，占名单总数的39.7%。"高被引科学家"四成在美国，说明美国仍然是世界头号科研强国。中国14.2%的占比，与自己过去比进步巨大，但与美国相比，依然存在不小的进步空间。我们有世界最大规模的高等教育体系，有稳居世界第一的研发人员总量，科研领域的后备人才和基础人才充足，而顶尖科技人才占比尚不能与之相称。这几年"高被引科学家"年年高，说明中国科研进步潜力十足，未来更值得努力和期待。

我国正在构建新发展格局，实现高水平的自立自强，而高水平的自立自强，需要高水平的科技人才。期待中国继续保持"高被引科学家"年年高的增长势头，早日建成全球人才高地。

（刊发于2021年11月21日关注版）

"元宇宙"越热越需要冷静

作为一个在小说中已问世近30年的科幻概念,元宇宙(Metaverse)今年迎来资本市场的一轮又一轮爆炒。

本周,在虚拟世界平台Decentraland里,一块数字土地被卖出243万美元高价,再次刷新虚拟房产的价格纪录。不少网友惊呼:元宇宙居然也炒房!其实何止炒房?白酒元宇宙、火腿肠元宇宙、元宇宙景区、元宇宙都市……元宇宙是个框,啥都能往里装。"万物皆可元宇宙",网友的戏谑调侃变成了资本的现实狂欢。

让我们从实、名、利三个角度分析当前这股元宇宙热潮。

实——概念先行,远超科技进步。

元宇宙概念始于1992年美国科幻小说《雪崩》,是一个虚拟现实的网络世界,能与现实世界映射与交互,让未来人类体验完全不同的人生。

当前,宅经济的兴起,扩展现实(XR)、数字孪生等新技术发展又让元宇宙概念有了实现的可能,元宇宙就被科技巨头从小说中翻出来,给资本市场讲故事,越炒越热。

元宇宙的底层技术架构包含网络环境、虚实界面、数据处理、认证机制、内容生产等多个层面。人类目前所能创造的元宇宙非常初级而原始,相关技术仅仅停留在元宇宙的入口。技术基础何时才能成熟? 10年左右已经是最乐观的预测。

名——巨头争名，意在超前布局。

近期一些国际科技巨头争相入局元宇宙，比如社交网络巨头Facebook正式改名Meta，被人戏称为不要Face（脸）。有人不禁要问：技术基础不成熟，为何巨头争相入坑？

巨头们争相布局元宇宙，其实是名分之争，而争名是为了夺利。互联网上曾流传过一个段子："从前有几个卖面包的，如浪浪牌面包、腾腾牌面包、搜搜牌面包、易易牌面包，竞争激烈。有一天，浪浪牌面包改名叫面包牌面包，其他几个品牌瞬间石化。"很显然，Meta就想当那个"面包牌面包"，抢先使用"Meta"这个词，是跟元宇宙概念强行绑定，未来会不会借此搞垄断，那就不好说了。

对于参与争名的机构来说，元宇宙是一种很大程度上会实现的未来，而现在正是一个占据主动权的好时机。

利——跟风投资，犹如刀口舔血。

从企业角度，涉足元宇宙是可理解的提前布局；但从市场角度，当下就用元宇宙去给企业估值溢价，显然为时过早。

除了技术远未成熟的风险，元宇宙还存在很多其他风险。以算法为基础的虚拟世界可能会让人类过于沉迷，令现实社会陷入衰败堕落，这一点在《黑客帝国》《头号玩家》等科幻电影中已有预警。现实中，未来技术成熟后，元宇宙的构建和治理显然也将遇到大量社会伦理、法治等难题，不确定风险极高。中小投资者如果想跟风投资元宇宙，犹如刀口舔血，风险大、获利难。

实未至、名先行、利难得。对于大众来说，元宇宙越热，越需要冷静！

（刊发于2021年11月28日关注版）

梦想之花在天宫绽放

本周四，航天员翟志刚、王亚平、叶光富成功完成了中国空间站的首次太空授课。在"天宫课堂"第一课里，太空转身、水球光学、水中泡腾片……一个个奇妙的实验，点亮了孩子们眼中的好奇之光。

天宫课堂，播撒了科学梦想的火种。

好奇心是人类科技进步的动力，神秘莫测的宇宙更是需要一代又一代追梦人的努力探索和接续奋斗。作为世界上最高的课堂，太空授课在培养青少年探索太空的兴趣方面，起着无可取代的作用。8年多前，王亚平在天宫一号内进行太空授课。那是中国第一次、世界第二次太空授课。当时听课的17岁高中生王楠被王亚平圈粉，高考时填报了航天相关专业，如今已成为中国航天科工二院二部设计师。本次天宫课堂有一个"名场面"：水膜实验中，王亚平把花朵折纸放在水膜上，折纸受水膜张力自动打开，带来花朵绽放的效果。"你们都是祖国的花朵含苞待放，希望你们的梦想在广袤的宇宙中绽放。"王亚平给所有孩子的寄语，也是本次天宫课堂的期盼：太空实验给孩子们播下科学梦想的火种，必将让中国科技事业迎来更多新生力量。

天宫课堂，展示了中国航天的荣光。

梦想之花在天宫绽放

太空授课，是一个看起来简单、做起来却需要实力支撑的科普活动，堪称举重若轻。在这次的天宫课堂里，孩子们跟随航天员参观了中国人的太空家园，而中国空间站本身就是中国航天事业的一个标志性成就。天宫课堂还展示了我国卫星跟踪与数据中继传输系统的超强能力。太空授课是最高的网课，需要在天地之间进行稳定的通信传输，需要"天链"中继卫星、空间站、地面测控站密切配合，确保天地互动"不堵车"。这份能力并非各国都有，我国是2012年才成为世界第二个拥有对中、低轨航天器具备全球覆盖能力的中继卫星系统的国家。正是依托于"天链"系统，中国才有能力于2013年展开太空授课活动。而此次太空授课，新一代"天链"的传输速率比上次太空授课又大大提升，带来更加清晰的话音和更为流畅的画面，进一步彰显了中国航天的实力。

天宫课堂，汇聚了科技强国的热望。

太空授课是中国航天的高光，而航天事业又是中国科技的缩影。近年来，中国科技事业捷报频传，"中国天眼"FAST落成启用、人类探测器首次在月球背面软着陆、北斗导航系统完成全球组网、火星探测圆满成功、"奋斗者"号完成万米载人深潜、5G商用加速布局……科学技术从来没有像今天这样深刻影响着国家前途命运，从来没有像今天这样深刻影响着人民生活福祉。航天这项造福人类的伟大事业，需要全社会的理解和支持。天宫课堂，吸引的不仅是中小学生，也凝聚了全国人民科技强国的热望。

面对浩瀚的宇宙，我们都是好奇的学生。现在，梦想之花已在天宫课堂里绽放；明天，科技之光更加照亮中华民族伟大复兴的中国梦。

（刊发于2021年12月12日关注版）

云端争"霸"是场持久战

本周,国际研究机构高德纳(Gartner)发布最新报告,全面评估全球顶级云厂商的整体能力。其中,阿里云拿下 IaaS 基础设施能力全球第一,在计算、存储、网络、安全四项核心评比中均斩获最高分。IaaS 是云服务中最基础但也是最重要的部分,这是中国云首次超越亚马逊、微软、谷歌等国际厂商,是一个值得庆贺的好消息。

从阿里云夺冠,我们能看到什么趋势?

第一,科技实力正成为中国互联网企业的核心竞争力。

当今世界,排名前列的互联网巨头几乎都是从中美两国孕育的。在人们的固有印象中,美国互联网巨头擅长科技创新,中国互联网巨头擅长商业模式创新。而阿里云夺冠事件打破了这个刻板印象,它让我们看到,科技实力也是中国互联网巨头的核心竞争力。

阿里在 2009 年开始投入建设阿里云。这个技术方向在当时不被理解,但阿里坚定认为云是下一代互联网的核心基础技术,坚持巨额投入研发。经过十余年如一日的持续投入,阿里云实现了从芯片、部件到整机的技术及架构创新和自研,成长为全球前三、亚太第一,真正领跑全球科技竞争的云计算企业。当初持续烧钱的阿里云,如今已成为重要的业务增长点,单个季度营收已突破 200 亿元。

第二,中国市场仍然是发展数字经济的优质练兵场。

在高德纳的报告中，能力评估涵盖了 IaaS（基础设施即服务）和 PaaS（平台即服务）。阿里云 IaaS 夺冠，但总成绩并未夺冠，而是以总分 81 分排在所有参评厂商第三位，仅次于亚马逊的 AWS 和微软的 Azure。

从市场份额看，目前世界前三的云服务企业分别是亚马逊、微软、阿里。亚马逊和微软是美国巨头，在云计算领域入局时间早，具备先发优势。其实，欧洲也有云，叫作"盖亚云"，但盖亚云的建设就像伽利略导航卫星系统一样，在欧洲各国的扯皮中反复拖延、尚未形成气候。而中国的阿里云作为云计算领域的后来者，追赶势头迅猛，仅用 10 余年就在 IaaS 这样的关键领域拔得头筹。

云计算是数字经济的"基础设施"，在互联网世界里如"水电煤"般的存在。"双 11"抢购、春运抢票都是世界级的流量洪峰，阿里云实战多年，技术积累雄厚。中国企业在世界云计算市场中成为后起之秀，可与美国巨头竞争，说明中国市场仍然是发展数字经济的优质练兵场。过去几年，我国云计算市场年均增速超过 30%，市场规模如今已近 2000 亿元。云计算赛道，除了领头羊阿里，还有腾讯、华为、百度等很多中国企业的参与。

云端争霸是一场脚踏实地的持久战。阿里云拿下 IaaS 世界冠军是一个重大进步，但中国企业肯定不会满足于市场份额的世界第三位。我们需要持续奋斗，增加研发投入，让中国在核心技术领域不再受制于人。中国经济具备强大韧性和深厚潜力，一定足以培育出更多世界顶尖的优质互联网科技企业。

（刊发于 2021 年 12 月 19 日关注版）

老鼠作孽不应草莓背锅

眼下正是大棚草莓上市的季节。近日,"吃草莓会导致出血热"的谣言广为传播,不少爱吃草莓的消费者不敢买了,草莓滞销,莓农苦不堪言。对此,各媒体纷纷邀请专家科普出血热的传播途径和防范治疗手段,辟谣称:吃草莓不会得出血热!

在网络传言中跟草莓联系起来的出血热,是一种由汉坦病毒引起、由鼠类携带病毒并传播的自然疫源性疾病。对这种疫病,人们已有成熟的应对方案:灭鼠,做好个人卫生,注意饮食安全,不触摸鼠类排泄物;高发地区居民可以接种相关疫苗来预防;出现感冒、发烧立即去正规医院救治,以免延误治疗。

那么,吃草莓是怎么跟传染出血热联系起来的呢?这是典型的无中生有型谣言。首先,并没有出现草莓被测出携带汉坦病毒的事件,这种联系没有现实依据。其次,老鼠主要吃粮食,很少吃水果,草莓大棚里很少见到老鼠。最后,这种病毒很脆弱,体外存活时间短,不耐酸、不耐热,非疫区居民正常清洗、疫区居民用洗洁精清洗后,即可安全地食用草莓。

出血热的传染源为老鼠,跟草莓没有关系,却让草莓种植户遭受重大损失,真可谓"老鼠作孽、草莓背锅"。然而这种"谣言伤农"的现象并非孤例。过去十多年,陆续出现的"红药水西瓜""柑橘生蛆""葡萄致癌""牛奶致癌"等谣言都曾给相关农业生产者造成重大损失。

如何避免谣言伤农？

首先，要利用大数据、人工智能等技术实时监测网络舆情，发现涉农谣言后及时邀请专家科普辟谣，并精准锁定、依法惩处造谣传谣者。

现在的文本挖掘和智能检索技术，已经可以快速识别和定向追踪社交媒体平台上的社会热点话题、突发事件及相关谣言信息。我们可以用人工智能分析大数据，拆解谣言传播"套路"，快速甄别谣言源头和追踪传播路径，及早锁定并依法惩处那些加剧社会焦虑的造谣传谣者；还可以完善网络舆情预警机制，根据谣言的传播趋势、人群画像、舆论倾向等数据来剖析其传播度、影响力，在谣言传播的关键节点建立防谣和辟谣机制，通过及早辟谣、群发推广来扩大真实信息的传播。

其次，要用现代信息技术和生物技术建立食品安全溯源管理机制，让"舌尖上的安全"公开透明。

在新冠疫情全球大流行的背景下，消费者重视食品安全是健康意识充足的好事。中国已经在一些地方开展示范探索，建设重要产品追溯体系，但全国食品追溯一张网尚未建成。而在目前这个商品大流通的时代，显然有必要加速织就全国范围的从农田到餐桌的安全防护网。如果通过这张安全防护网做到食品来源可追溯、质量安全有保障、消费购买可查询，伤农谣言显然会逐渐失去生存空间。

谣言止于真相。让谣言止于科学，让真相跑在谣言的前面，才能避免"谣言伤农"事件的一再发生。

（刊发于2021年12月26日关注版）

太空碰瓷难阻挡中国前进脚步

最近,美国星链卫星两次太空"碰瓷"中国空间站的事件曝光,引起热议。人们在谴责美国太空霸权行为的同时,也担心中国航天事业是否会受到阻滞。对此,笔者认为,太空"碰瓷"事件阻挡不了中国和平利用太空的前进脚步。

首先,这种危险行为是对全人类太空探索事业的威胁,受到全球航天界的反对。

美国太空探索技术公司(SpaceX)发射的星链(starlink)卫星,在2021年先后两次接近中国空间站,对中国空间站搭载的航天员生命健康构成威胁。出于安全考虑,中国空间站组合体分别于2021年7月1日和10月21日两次实施对美国星链卫星的"紧急避碰"。

星链卫星威胁的不仅仅是中国空间站的安全。美国星链项目计划发射4.2万颗卫星组成超级巨型星座,目前已发射近2000颗卫星。该计划破坏了美丽星空和光学观测,干扰了射电天文学研究,还野蛮占用了宝贵的近地轨道资源,近年来备受争议,各国天文界、航天界业内专家纷纷指责。英国研究者还发现,自2019年5月星链卫星首次发射至今,航天器接近事件增长了一倍多,至少一半的航天器接近事件都与星链卫星有关。

得道多助,失道寡助。美国无视外空国际条约义务,以危险手段在太空"跑马圈地",相当于在高速路上醉驾逆行开车,威胁的是公共安全,引发了公愤。

在破坏了太空安全环境后,美国也不可能独善其身。美国科学家唐纳德·K.凯斯勒曾经于1978年提出"凯斯勒现象"。该理论假设,当在近地轨道的运转物体达到一定密度时,这些物体碰撞后产生的碎片能造成更多新撞击,形成级联效应,近地轨道将被危险的太空垃圾覆盖。由于失去能够安全运行的轨道,在此后数百年内,将无法实施太空探索和运用人造卫星。

其次,中国一直在研究和平安全利用太空技术,是一个负责任的航天大国。

像星链那样把大量低成本卫星打上近地轨道去"占坑",并不是什么不得了的技术。中国有火箭快速发射技术和一箭多星技术,想要"占坑"并不难。中国规划的星座体系,与星链能提供的宽带服务相类似,走的却是数量少、质量高的精品路线,体现了中国努力减少制造太空垃圾的责任感。

中国空间站的轨道运行高度在400公里左右,美国星链卫星正常工作轨道高度为500多公里,二者本没有交叉重叠。中国空间站的安全受到威胁,是因为相关星链卫星进行非正常情况的轨道降低。空间站的运行速度接近每秒8公里,如此快的速度下,与直径10厘米以上的物体碰撞,空间站就会损毁。中国空间站身段灵活,两次避开太空碰瓷,体现了中国高超的航天空间感知能力和避障能力。

太空垃圾的低成本高效清理,是人类面临的技术挑战,中国也在进行相关研究。就在中国空间站第二次"紧急避碰"3天后的2021年10月24日,我们成功发射了实践二十一号卫星,主要用于

科创之声

空间碎片减缓技术试验验证。

  建造空间站，是中国航天事业的重要里程碑。面向未来，中国必将为人类和平利用太空作出更多开拓性贡献，绝不会因为太空"碰瓷"而停下前进的脚步。

（刊发于 2022 年 1 月 2 日关注版）

6G 为何要跑那么快

中国科学家创造的最新 6G 速度让很多网民感到惊讶：紫金山实验室联合东南大学、鹏城实验室、复旦大学和中国移动等团队，在国家重点研发计划 6G 专项等项目支持下，搭建了国内领先的光子太赫兹实验环境，首次实现单波长净速率为 103.125Gbps、双波长净速率为 206.25Gbps 的太赫兹实时无线传输，通信速率较 5G 提升 10 倍至 20 倍，创造出目前公开报道的太赫兹实时无线通信的最高传输纪录。

很多网友表示困惑：5G 我还没体验上呢，马上要来 6G 了？6G 跑那么快有必要吗？

从行业规律看，6G 必须提前布局。

第一代移动通信技术始于 20 世纪 80 年代，从 1G 时代发展到目前的 5G 时代，移动通信基本每隔 10 年就要升级一代。而每当新一代移动通信开始商用时，更新一代移动通信的研究就已开始启动，因为它需要大约 10 年时间才能商用。

我国 5G 商用元年是 2019 年，工信部发布 4 张 5G 牌照，标志着 5G 商用的开始。同样也是在 2019 年，科技部等相关部委召开 6G 技术研发工作启动会，宣布成立了国家 6G 技术研发推进工作组、国家 6G 技术研发总体专家组。中国的 5G 商用和 6G 技术研发同年启动，符合移动通信技术发展规律。

太赫兹无线通信被公认为是6G移动通信系统的核心组成部分，此次打破世界纪录的成果，正是中国6G研发提前布局的阶段性成果。它是实验室成果，离商用阶段还远。业内人士预测，6G将在2030年前后实现商用。网友们不必担心自己手中的5G手机"瞬间不香了"。

从技术积累看，中国6G研发有优势。

目前，各国在6G专利方面竞争异常激烈。日本2021年9月份发布过一项调查报告，在通信技术、量子技术、基站和人工智能等9个6G核心技术领域，按国家和地区分析了已注册和正在申请的约2万件专利。结果显示：全球6G专利申请量占比，中国高达40.3%排第一，美国以35.2%排第二，日本以9.9%排名第三。

制定通信技术的国际标准，是通信技术产业的主要战略目标和竞争焦点。纵览从1G到5G的移动通信史，每次信息通信技术变革都伴随着技术标准之争。而专利申请量越多的国家，往往在制定行业标准方面有更大发言权。中国目前在国际6G研发中表现优秀，这为下一个十年的行业竞争打下基础。

从市场潜力看，6G应用前景广阔。

对于个人手机来说，很多人认为目前的4G就已经够用，但5G、6G的应用远远超出个人手机。5G技术在远程医疗、军事等领域应用已有精彩表现，并不像某些网友认为的那样"不实用"。6G的应用将比5G更宽广。

6G网络将是一个地面无线与卫星通信集成的全连接世界，意味着更高的接入速率、更低的接入时延、更快的运动速度和更广的通信覆盖。6G不仅仅是简单的网络容量和传输速率的突破，它更是为了缩小数字鸿沟，实现万物互联这个"终极目标"，还将满足未来的全息通信、元宇宙等新型应用需求。

6G为何要跑那么快？因为各国都想跑那么快，因为我国有能力跑那么快，也因为跑那么快以后，能收获一个更美好的世界！

（刊发于2022年1月9日关注版）

汤加火山尚难喷出"无夏之年"

近日,发生在南太平洋岛国汤加的海底火山喷发引发全球关注。一些网友甚至称,汤加火山喷发可能导致"无夏之年",令"全球粮食减产"。

剧烈火山喷发可能令粮食减产吗?有可能。

汤加火山喷发会带来全球饥荒吗?不至于!

首先,让我们来看看火山喷发令粮食减产的科学原理。

火山喷发有不同强度。人们通常以 VEI 作为综合衡量火山喷发强烈程度的指标,共分 8 个等级,每升高一个等级,能量增加 10 倍。VEI1 级的火山喷发地,可以招揽游客。而等级较高的剧烈火山喷发,则可能影响全球气候。

通常情况下,火山喷发导致气候变化的罪魁祸首是二氧化硫。二氧化硫进入地表上空平流层后,会通过光化学反应形成硫酸盐气溶胶,寿命可达 1 年以上,并通过大气环流在全球扩散,阻挡太阳辐射,产生"阳伞效应",导致气温下降。一般火山喷发产生的火山灰主要在对流层内,经过大气环流的稀释和沉降,几个月之后就可以基本消除。强度高的火山喷发所产生的火山灰则可以冲入平流层,与硫酸盐气溶胶一起长期削弱太阳光,带来令粮食减产甚至绝收的"无夏之年"。

可见，火山喷发是否带来大降温和大减产，关键在于火山喷发强度和喷发物规模。

那么，汤加火山喷发的强度和规模如何？会带来"无夏之年"吗？把它跟历史上的"无夏之年"火山喷发对比一下就知道了。

历史上，"无夏之年"特指1816年。当年全球温度异常偏低，寒冷使大量农田歉收甚至绝收，饥荒造成欧洲超过20万人死亡。而这一灾难源于1815年印度尼西亚的坦博拉火山喷发，强度为VEI7级，喷出的火山灰随着大气流动遍布全球。

本次汤加火山喷发的强度等级目前尚未确定，初步估测VEI强度不低于5级，也有少数专家推测可能会达到VEI6级。其喷发物仅为坦博拉火山的百分之一左右。可以说，汤加火山喷发强度和规模都远小于两百多年前的坦博拉火山爆发。把汤加火山喷发跟"无夏之年"联系起来，过于耸人听闻了。

另一个更接近的参照对象是1991年菲律宾皮纳图博火山喷发，强度为VEI6级。皮纳图博火山喷射了约2000万吨二氧化硫，"阳伞效应"致使随后两年地球进入冷冬。此次汤加火山喷出的二氧化硫量，目前卫星观测数据只有40万吨，仅相当于皮纳图博火山喷发量的2%。一般至少500万吨二氧化硫进入上层大气才会对气候产生影响。

从目前观测数据看，汤加火山喷发不足以输送量级大到影响全球气候的火山灰和二氧化硫进入平流层，对全球气候影响大大弱于皮纳图博火山喷发，更远不能与坦博拉火山喷发相比。

汤加火山尚难喷出"无夏之年"。只要接下来不出现更大的火山喷发，2022年全球气候不会受到多大影响，也不太可能因其导致盛传的"全球粮食减产"。

但我们也不能就此疏忽大意。人类的文明史相对于地球的地质史来说非常短暂。在人类出现之前，地球上曾多次出现毁灭性火山喷发，火山灰遮天蔽日，让地球进入冰川纪元，使大量物种灭绝。人类是一个命运共同体，不能寄希望于未来永远不遭遇超级火山喷发。应对超级火山喷发这样的地质灾害，需要人类持续推动科技进步和全球合作。

（刊发于2022年1月23日关注版）

中国研发投入将保持高速增长

国家统计局近日发布的一组数据令人振奋：2021年中国全社会研究与试验发展（R&D）经费投入约2.79万亿元，比上年增长14.2%。

中国研发经费增速延续了"十三五"以来两位数的增长态势，实现"十四五"良好开局。这是全球排名第二的研发经费总量，也是领跑全球的研发经费增速。

这样的增速可持续吗？可以！

经济总量的强劲增长，让中国有能力保障研发投入的高速增长。

持续增长的研发投入，底气是持续增长的国民收入。横向比较世界各国的研发投入，其R&D经费总量往往与GDP总量正相关。由于新冠病毒变异株带来的全球疫情反复，加上全球通胀压力剧增、供应链危机、能源危机等问题掣肘，2021年世界经济复苏步履艰难，中国经济增长对世界经济增长的贡献率预计将达到25%左右，是引领世界经济恢复的重要力量。中国GDP总量稳居世界第二，GDP增速又在世界主要经济体中名列前茅，这是中国研发投入高速增长的根基和保障。

经济结构的转型升级，让中国有意愿保持研发投入的高速增长。

有钱花，还得愿意花。如果说GDP总量彰显了研发投入的能力，那么研发投入强度，即 R&D 经费与 GDP 之比，就彰显了研发投入的意愿。2021 年我国研发投入强度再创新高，达到 2.44%，比上年提高 0.03 个百分点。这个数字已接近 OECD（经济合作与发展组织）国家疫情前（2019 年）的平均水平 2.47%。中国是人口众多的中等收入经济体，需要花钱的地方很多，这样的研发投入强度，反映了中国以科技创新作为第一动力、持续推动经济转型升级的强烈意愿。

科技实力的稳步提升，让中国有动力保证研发投入的高速增长。

愿意花钱，还得花出效果，才能有持续花钱的动力。中国长期坚持投入研发，科技实力的稳步提升与经济的高质量发展互相促进，形成良性循环。中国 220 多种主要产品产量都是世界第一，显示了社会生产力的增强。中国发明专利申请量和授权量都居世界第一，国际顶尖期刊论文数量、高被引论文数量均排名世界第二，说明科技实力也明显增强。世界知识产权组织 2021 年发布的全球创新指数（GII）显示，我国科技创新能力在 132 个经济体中位列第 12 位，较上年再升 2 位，稳居中等收入经济体首位；自 2013 年起，我国 GII 排名稳步上升，9 年间提升了 23 个位次。

当然，花钱是一门学问，要为科技创新筹来更多钱并把钱花到位，还有很多可以改进的地方。与美国等世界科技强国相比，我国研发经费投入在规模、结构和效能等方面仍有不足。要扩大投入规模，我们必须完善多元化投入机制，鼓励更多社会资本投入创新；要优化投资结构，我们必须瞄准关键领域和薄弱环节，增加基础研究经费占比，增强原始创新能力；要提升创新效能，我们必须深化改革、加快推进科技政策落实落地，激发科技工作者的创造潜力。

中国研发投入将保持高速增长

当前，世界正经历百年未有之大变局，新一轮科技革命和产业变革对中国既是机遇也是挑战。对中国科技事业来说，有钱花、愿意花、没白花，这三点目前都没有改变。因此，展望新的一年，可以大胆预言：中国研发投入还将保持高速增长！

（刊发于2022年1月30日关注版）

科技让冰雪运动更干净

北京冬奥会正在进行，运动员们在晶莹的冰和洁白的雪上竞技，给全世界观众奉献出一场又一场精彩的角逐。有趣的是，在本届冬奥会上走红的，除了各国参赛运动员和吉祥物"冰墩墩"，还有"猎豹""飞猫"等摄像头。它们的走红，反映了大众对公平竞赛的渴求，对"干净金牌"的尊重。

在初期的几场短道速滑比赛中，高清摄像系统全程无死角记录了比赛过程中的全部细节，把犯规动作拍得清清楚楚，几名热门选手因犯规出局。正是因为高清摄像头和其背后的AI（人工智能）视觉技术，精准捕捉赛事瞬间，让比赛更公平、更精彩。

短道速滑允许一定的身体接触，这也导致其危险性较高、容易出现争议。本届冬奥会上，短道速滑比赛在首都体育馆举行，这里有40台4K超高清摄影机阵列加上3台8KVR摄像头全场环绕的飞猫摄像系统，多机位、超高清、视角全覆盖，除转播画面外，也能辅助判罚。还有仲裁摄像系统，通过固定摄像机精准拍摄，能够以慢动作模式，细致分析运动员的每一个动作。这些摄像系统，让犯规无所遁形、无可抵赖，被网友评为"冬奥场馆内的第二位裁判"。

让比赛更干净的，还有各种高科技为运动员带来的保护，比如防切割的短道速滑战衣。本届冬奥会上，"任子威穿了鲨鱼皮"这一话题一度登上热搜，这是因为一个比赛视频让大家为他捏了一把汗。视频中显示，犯规的别国运动员摔倒后，脚部抬起，冰刃划向我国短道速滑运动员任子威。好在任子威安然无恙，他身穿的国产比赛服上有高科技，全身防切割，面料防切割强度是钢丝的15倍！

反兴奋剂是科技维护赛场公平的传统领域，本届冬奥会也格外重视。

中国反兴奋剂中心积极参与并领导国际反兴奋剂技术的科技创新，开展应用干血点兴奋剂检测技术：干血点是革命性的检测方法，便携、可靠、易储存、抽血少、易操作，还可以扩大禁用物质和方法检查面。北京冬奥会上启用干血点检测，所使用的检测器材全部由国内厂家生产制造，这也是奥运会历史上首次应用此项技术。

《奥林匹克宪章》赋予奥林匹克精神的内容是："相互理解、友谊长久、团结一致和公平竞争。"人们期待奥运健儿们公平竞争，堂堂正正、干干净净赢得比赛。中国科技保障奥运公平竞争，这是对奥林匹克精神的尊重，赢得了参赛各国的友谊，也展示了中国人开放自信、公正团结、"一起向未来"的精神风貌。

科技让冰雪运动更干净！我们期待着，中国科技为北京冬奥会带来更公平公正的赛场环境，实现运动成绩和精神文明双丰收，以"冬奥热"带动"冰雪热"！

（刊发于2022年2月13日关注版）

乐见写论文"顺便"拿奖牌

本届北京冬奥会，我国体育健儿士气高昂，多个项目实现突破，奖牌榜总成绩也刷新了历史。有趣的是，网友们发现，徐梦桃、武大靖等冬奥会冠军都发表过研究自己运动强项的论文，这让"写论文顺便拿个冠军"系列话题冲上热搜。而在去年东京奥运会上，苏炳添也亲自给论文"跑数据"。写论文"顺便"拿奖牌，这种事越来越常见，反映了什么趋势？

训练的科技含量提高了。

中国冰雪运动必须走科技创新之路。"科技冬奥"专项为国家队设计了各种模拟训练系统，向科技要成绩。风洞训练协助运动员完成姿态减阻优化，这在夏季奥运会项目中已有展示，在冬季奥运会项目中更是成绩突出；"六自由度运动系统"能模拟出全真的训练环境，也运用到国家队训练中，让冰雪运动员可以不受天气条件制约，春夏秋冬都能进行最专业的练习。

一方面，这些高科技含量的系统训练，可以通过采集运动员各项指标、数据，结合项目和运动员的训练指标参数，为训练方案的科学化决策提供支持。这也是一些优秀运动员的论文数据来源，"我为自己论文跑数据"的说法即来源于此。另一方面，运动员的训练数据也可以反馈到国内各相关厂家，为各种高性能器材装备的研发提供参考。例如，按照国际组织的相关标准，安踏自主研发了钢架雪车鞋，产品依靠创新布局12项发明专利，打破了欧美品牌的垄断。

运动员的职业生命延长了。

科学训练让更多老将能保持良好的竞技状态，驰骋在赛场上斩金夺银，这也是运动员们能一边拿奖牌一边写论文的原因之一。被网友搜出体育论文的徐梦桃、武大靖、齐广璞，处于27岁到31岁的年龄段，这在运动员中属于"老将"，在学者中又正是读硕士读博士需要写论文的年纪。而更年轻的那些"00后"运动员，如苏翊鸣等，也都是竞技成绩和文化成绩双优秀，未来也将有望加入"为自己论文跑数据"的群体中。

曾经有一段时间，由于单方面强调比赛成绩，一些运动员文化成绩较差，甚至过早中断文化教育。如今，新一代运动员们文武双全，一边夺奖牌，一边写论文，这是近年来我国运动员总体文化水平持续提升的缩影，这既利于运动员的长远发展，也利于体育事业的长远发展。

国家的综合实力增强了。

北京是唯一既举办过夏季奥运会又举办过冬季奥运会的双奥城市。国内外很多人比较北京2008年奥运会与北京2022年冬奥会的区别，"更自信了""更从容了"是大家的普遍感受。争夺奖牌不再是指标压力，冰雪运动更重在参与精神。北京冬奥会推动了我国冰雪人才培养、冰雪运动普及，也推动了我国冰雪装备研发、冰雪企业培育。运动员"文武双全"，是高等教育普及、社会观念转型共同作用的结果，也是我国经济社会综合实力增强在体育领域的突出反映。

科创之声

　　科技在竞技体育中的作用越来越突出,能支撑帮助中国体育事业更加健康可持续发展。随着越来越多"文武双全"的新一代运动员的成长,"写论文顺便拿奖牌"或将成为常态。

（刊发于 2022 年 2 月 20 日关注版）

抓住高质量国际专利这个关键

近日，2022年度全球百强创新机构揭晓，中国大陆有5家企业上榜。这份榜单由全球专业信息服务提供商科睿唯安评出，自2012年起每年发布一次，入选的均为发明专利数量多、质量高、影响大，居于全球创新生态系统顶端的机构。

而根据此前世界知识产权组织公布的2021年各国国际专利申请数据，2021年，我国申请人通过《专利合作条约》（PCT）途径提交的国际专利申请达6.95万件，位居申请量排行榜首位，共有13家中国企业进入了全球PCT国际专利申请人排行榜前50位。

同与专利相关，两份榜单中PCT榜单的中国企业占比高出不少。这意味着什么？

专利质量是提高核心竞争力的关键。如果从专利数量来说，中国早就是世界第一了。中国专利申请数量自2011年上升为世界首位后一直保持领先，自2015年起又在发明专利授权量上位居世界第一，PCT国际专利申请数量则从2019年起连续三年保持第一。但如果考察中国企业拥有的专利质量和实际竞争力，则存在很大的进步空间。

比如，从专利组合看，在发明专利、实用新型专利和外观设计专利三类中，发明专利的科技含量最高，最能反映创新能力和水平，而我国企业的发明专利数量在专利组合中占比偏低。在专利许可收益、专利许可率、专利转让率、专利维持率等指标方面，中国企业也和美国、日本等专利强国的企业之间存在一定差距。因此，企业要多申请能为自己挖深"护城河"的专利，不仅要提高专利申请数量，也应该增强专利的质量，要让专利具有更强的技术独特性和更高的市场价值。

高质量国际专利是增强创新竞争力的基础。从专利申请的难易看，出海申请专利明显比在国内申请专利要花钱多、难度高，因此海外专利布局往往也反映了企业的国际竞争力。从创新主体海外布局能力来看，截至2021年底，我国在海外有同族专利权的有效发明专利为8.3万件，同比增长21.8%，其中近九成创新主体是企业。这是一个可喜的趋势。本次上榜全球百强创新的5家中国企业，也都是多年来持续致力于海外专利布局的行业巨头。因此，企业要布局好自己的专利版图。

如何让更多中国企业闯进"全球百强创新"？要鼓励企业苦练内功，持有更多创新质量高、战斗力强的发明专利；也要引导企业放眼全球，布局更多有前瞻性、有市场预判的国际专利。展望未来，随着更多中国企业不断扩大技术创新的版图，中国企业全球竞争力也必将变得更强。

（刊发于2022年2月27日关注版）

以科技自立自强赢得发展主动

自俄乌冲突爆发以来，以美欧为首的部分发达国家纷纷宣布对俄制裁，从经济、金融、科技、文体各领域"全方位"孤立俄罗斯。参与制裁的跨国公司清单中不断增加的高科技企业，令人心生警惕。它让我们更加坚定了科技自立自强的信念：科学技术是一个国家的核心竞争力，关键时刻，没有自主替代就难有话语权！有一张新闻照片形象地说明了科技自立自强的重要性：因苹果支付和谷歌支付无法使用，莫斯科地铁乘客改用现金，不得不排起长队。

科技实力深刻影响国际力量对比，自立自强是民族生存发展的基础，也是国家繁荣强盛的根基。纵观中华民族伟大复兴战略全局和世界百年未有之大变局，必须把科技创新提升到新的历史高度，坚持创新在我国现代化建设全局中的核心地位。2020年10月，党的十九届五中全会提出，把科技自立自强作为国家发展的战略支撑。回看两年来的国际形势变化，不得不说，这是一个预判准确、目光长远的重大战略布局。

从应用层面看，要更加重视供应链安全，留足替代选择。

参与此轮制裁俄罗斯的跨国高科技企业，覆盖了基础软件、芯片、半导体、电脑、电信设备、飞机、卫星等方方面面，甚至触及开源软件，彻底撕破了全球化时代"科技无国界""互联网无国界"

的童话面纱。

当前，美西方将科技创新"政治化""集团化"和"武器化"的趋势越来越明显。这些事实提醒我们，中国一方面要坚持对外开放，支持组建全球化科技创新共同体；另一方面也要重新评估供应链安全，更加重视关键领域、关键环节的自主可控和国产替代。要对供应链上的各类跨国高科技企业保持主动权，留足替代选择空间，切不可将所有鸡蛋放进同一个篮子；也要对中国高科技企业加强监管，确保他们在重大事件中站稳中国立场。

从制度层面看，要不断深化改革，打通创新发展的体制机制堵点。

自2018年以来，美国加大对我国科技打压和遏制的力度，已将科技竞争置于中美战略竞争的核心位置，试图最大程度挤压我国科技创新发展的时间和空间。在世界上大国博弈竞争加剧态势下，我国科技创新的结构性短板、"卡脖子"等难题凸显。

在这种压力下，我们必须深化改革，打通体制机制堵点，才能深度融合创新链和产业链，解决各类"卡脖子"瓶颈，畅通国民经济循环。

美西方和俄罗斯之间的制裁与反制裁，是一场战争级别的博弈。它让我们再一次深切认识到：只有科技发展的主动才能赢得国家发展的主动，只有确保关键核心技术自主可控才能把发展主动权牢牢掌握在自己手中。

（刊发于2022年3月6日综合版）

科学应对网络攻击

近一个月来,中国网络安全企业360公司连续发布美国国家安全局(NSA)对我国进行网络攻击的相关报告。我国外交部发言人也对相关问题作出回应,再次敦促美方在网络空间做一个负责任的国家,停止针对中国和全球的网络窃密和攻击。

网络攻击有多大威胁?我们应该如何科学应对?

应对网络攻击,要建造安全大脑。

有关数据显示,近10多年来,网络攻击已经从以前的个体性黑客发展成为有规模有组织的网军,实施攻击的领域也越来越大,从上网计算机、信息网络,扩展到军用、民用等各种关键信息基础设施。

数字时代,"一切可编程"意味着软件里的漏洞无处不在。"万物均能互联"打通物理世界与虚拟世界的界限,也令网络攻击可以轻易侵入现实世界。"大数据驱动业务"让企业的生产和商业行为搬到网络上,数据安全变得前所未有的重要。

在数字化时代应对组织化、规模化的网络攻击,那种依靠装几个安全设备和安全软件就想永保安全的想法已不合时宜,需要树立动态、综合的防护理念。首先要打造国家级分布式安全大脑,组建国家层面的网络空间及信息安全领导指挥机构,建立区域、行业级安全大脑，让数字安全防范应急体系覆盖所有数字化场景。

应对网络攻击，要做到耳聪目明。

近年来网络攻击手段越来越多，从木马、病毒进展到漏洞、后门、仿冒服务器等，相应的挑战也变大，威胁隐蔽，无孔不入，难以事先防范。

聪者听于无声，明者见于未形。感知不到风险，才是最大的风险。网络安全具有很强的隐蔽性，如果一个技术漏洞隐藏几年都发现不了，"谁进来了不知道、是敌是友不知道、干了什么不知道"，是非常危险的。

互联网让世界变成"地球村"，窃听、黑客无处不在，国家安全可能遭遇看不见的攻击。因此，维护国家安全和网络安全，必须耳聪目明，知道风险在哪里，感知网络安全态势就成为最基础的工作。要假定敌已在我，定期针对关键基础设施和重要信息系统实时动态推进网络安全排查，实现自动化威胁识别、风险阻断和攻击溯源。

应对网络攻击，要实现身强体健。

当前，网络攻击的危害变大，从以前的炫技、黑产发展到攻击国家关键信息基础设施，平时窃取对手国家秘密，战时成为首选战争形态、重要情报来源。

要在网络攻击中保护重大目标、防范重大危害，我们不能因噎废食、彻底断网，而是要正面突破、做到身强体健。信息化发展带来了千载难逢的历史机遇，我们理应高度重视培养信息技术人才，积极研发网络前沿技术，用足后发优势实现跨越式发展。推动信息领域核心技术突破，发挥信息化对经济社会发展的引领作用，主动参与网络空间国际治理进程，自主创新推进网络强国建设。

在数字化时代科学应对网络攻击,需要打造安全大脑维护整体安全,锻造聪明耳目实现动态安全,锤炼强健身体做到自主安全。

（刊发于 2022 年 3 月 27 日关注版）

研发费用加计扣除比例为何提高

近日，财政部、税务总局、科技部三部门联合发布《关于进一步提高科技型中小企业研发费用税前加计扣除比例的公告》，将科技型中小企业研发费用税前加计扣除比例提高到100%。这一政策自2022年1月1日起执行，此前，我国科技型中小企业享受75%研发费用加计扣除政策。

这能让科技型中小企业享受到多大优惠呢？

加计扣除是企业所得税的一种税基式优惠方式，一般是指按照税法规定，在实际发生支出数额的基础上，再加成一定比例，作为计算应纳税所得额时的扣除数额。按新政策，假如一个科技型中小企业投入100万元的研发费用，加计扣除比例提高到100%，就可以在应纳税所得额中税前扣除200万元。也就是说，企业有200万元的收入可以不用缴税了。

科技型中小企业研发费用加计扣除比例为何提高？

首先，这是为了进一步支持科技创新，鼓励科技型中小企业加大研发投入。

加强企业在科技创新方面的主体地位和作用，是中国科技工作一项非常重要的任务。科技成果转化的主体应该是企业，项目组织的主体应该是企业，研发投入的主体也应该是企业。2021年，中国全社会研发投入达到2.79万亿元，同比增长14.2%，研发投入强度达到2.44%。在这2.79万亿元的全社会研发投入中，76%是由企业贡献的。

截至2021年12月31日，我国科技型中小企业达到32.8万家。提高科技型中小企业研发费用加计扣除比例，会降低这32.8万家企业的研发投入成本，以实实在在的税收优惠，增强企业的研发投入意愿，支持企业提升技术创新能力，不断壮大发展新动能。

其次，这是为了应对新冠疫情对实体经济造成的不利影响，支持企业提高竞争力。不可否认的是，持续的疫情冲击，依然对我国实体经济造成了不利影响，需要政府积极采取各项措施扶助实体经济发展，更大力度的减税政策就是其中的重要一环。

疫情期间，提高研发费用加计扣除比例的不只是科技型中小企业。自2021年1月1日起，我国就已将制造业企业研发费用加计扣除比例由75%提高至100%。

除了提高企业的研发费用加计扣除比例，我国还通过科技创业孵化载体税收优惠政策和技术交易税收优惠政策等各种政策激励，切实减轻企业成本负担，培养了一批承担"科技自立自强"使命的科技领军企业。例如，2021年，国家高新区入统企业享受各级各类税收政策实际减免税额4733亿元，同比增长17.4%，其中享受研发加计扣除减免税1220亿元，同比增长22%。

当前，世界正处于大发展大变革大调整时期，面对新一轮科技革命和产业变革的挑战，面对世纪疫情的压力，我们必须以科技创新引领经济社会高质量发展。期待研发费用加计扣除比例提高等各类优惠政策扎实落地，也期待更多企业加入创新发展的大潮。

（刊发于2022年4月17日关注版）

肩负科考使命　勇攀世界之巅

中国"巅峰使命2022"的珠峰科考队员成功登顶珠穆朗玛峰，这是我国珠峰科考首次突破8000米以上海拔高度，在青藏高原科学考察研究历史上具有划时代意义。

巅峰使命，是世界屋脊的守护担当。"巅峰使命"珠峰科考，是2017年启动的国家第二次青藏科考的重要内容，已筹划多年。青藏高原是世界屋脊、亚洲水塔，是地球第三极。珠峰是青藏高原的标志。作为地球上最独特的地质、地理、资源及生态单元，青藏高原是难得的"天然实验室"，也是全球气候变化敏感区、预警区。此次科考从海拔5200米到8830米搭建了8个气象站，其中4个在海拔7000米以上，实现了珠峰完整的海拔气象梯度观测，对于青藏高原及珠峰的基础研究意义重大。

第二次青藏科考的背景是快速变化的全球生态环境，探秘第三极的深层意义正是认识人与自然的关系。这些科学探索将为守护好世界上最后一方净土、建设美丽的青藏高原作出新的贡献。

巅峰使命，是无尽探索的精神传承。珠穆朗玛峰是大自然的杰作，人类对它的攀登和探索从未停止。无高不可攀、无坚不可摧，一代又一代中国人在珠峰书写勇于攀登的英雄传承。1960年王富洲、屈银华、贡布实现人类首次从北坡登顶；1975年中国登山队再次从北坡登顶珠峰，成功测量珠峰高度……自20世纪50年代起，我国开展了超过6次的珠峰科考活动，为世界最高峰测量"身高"和"体温"，在一次次登顶喜讯中不断实现新的突破。

此次"巅峰使命"任务有5支科考分队16个科考小组的270多名科考队员参与，是第二次青藏科考启动以来学科覆盖面最广、参加科考队员最多、采用仪器设备最先进的一次综合性科考。他们在海拔8830米处架设了世界海拔最高的自动气象站，在8848.86米的地球之巅首次利用高精度雷达测量冰雪厚度。他们传承着前辈们不畏艰险、顽强拼搏、团结协作、勇攀高峰的登山精神，也用更加安全、科学、环保的科考行动丰富着新时代的登山精神。

巅峰使命，是不负时代的实力进步。第一次青藏高原综合科考于20世纪70年代初启动。当时中国的工业基础和科技基础都很薄弱，野外科考里，学生们只有地质锤、罗盘、笔记本"三大件"，老师们才能有照相机和气压表。几十年来，在国家综合实力提升和科技进步支撑下，科考装备不断升级换代。如今，已持续5年的第二次青藏高原综合科考，由国家提供专项经费保障，有无人机、无人船、探空气球和飞艇应用于考察研究，本次"巅峰使命2022"珠峰科考任务还首次使用了直升机。

新时代的科考人无愧于国家的支持。近年来，中国科学家对青藏高原的研究论文数量和被引用率稳居世界第一，在青藏高原环境变化等某些领域的研究已处于国际第一方阵。与时代同频共振，相信中国科学家将在广袤的青藏高原上获得更多新发现和新进展，将在相关科研领域拥有更多国际话语权。

科创之声

没有比人更高的山，没有比脚更长的路。新时代的攀登者，有守护世界净土的担当，有丈量世界之巅的勇气，有探索地球之极的实力，这是不懈攀登，也是巅峰使命！

（刊发于 2022 年 5 月 8 日关注版）

"人造蛋白"何时走上餐桌

国家发改委近日印发《"十四五"生物经济发展规划》，提到"发展合成生物学技术，探索研发'人造蛋白'等新型食品"。消息一出，不少网友感到好奇："人造蛋白"食品能吃吗？好吃吗？何时能吃到？

蛋白质被誉为"生命的基础"，有生命的地方就有蛋白质，是人类食物中最重要的营养素。现有的人造蛋白食品依据其蛋白质来源，主要分为三类：植物蛋白食品、微生物蛋白食品、动物细胞培养肉。第一类以大豆、豌豆、小麦等植物蛋白为原料开发，制成肉、蛋、奶等制品。第二类通过酵母菌等微生物发酵合成蛋白，效率是传统养殖业的上千倍。第三类通过干细胞技术，采用牛、鸡等动物的细胞培养，获得细胞培养肉。

"能吃吗"涉及食品安全。

传统肉制品生产存在的食品安全风险主要有动物养殖过程中的疫病传播、过量使用抗生素等。上述三类人造蛋白食品均不需要养殖完整的活体动物，从生产方式上规避了这些风险。当然，其他风险也需要警惕，比如植物肉常常过度加工，味道不够酱料来凑，盐分高，对心血管健康不利。但总体来说，只要遵照相关食品标准进行生产，"人造肉"安全性是可控的。

"好吃吗"关系营养风味。

目前超市里能买到的"人造肉"主要是"植物肉"。有人问,这不就是传统美食吗?确实,中国人用豆制品做素鸡素鹅历史悠久。但与动物肉相比,植物肉缺乏维生素 B_{12}、n-3 多不饱和脂肪酸、铁、锌等营养素。现代工业化生产的植物肉制品,会添入合成生物学技术生产的品质提升关键物质,如血红蛋白、谷氨酰胺转氨酶、维生素等,还会通过物理加工方式改变植物蛋白的球状结构,制造出类似真实肉纤维的拉丝蛋白,让植物肉具有动物肉的质感、咀嚼感和香味。而微生物发酵蛋白和动物细胞培养肉在营养方面更有优势,比如酵母蛋白含有全部必需氨基酸,属于全价蛋白,能够满足人体的营养需求。

"何时能吃到"取决于生产成本。

研发"人造蛋白"新型食品,主要出于可持续发展的考虑。利用植物、微生物以及动物细胞培养,以工厂方式大量生产高品质蛋白,能够显著减少土地资源依赖和碳排放,降低传统养殖业带来的环境资源压力。理论上讲,产量高和资源消耗少,意味着生产成本低,人造蛋白食品应该做到质优价廉才能被大众广泛接受。不过,目前国际上三类人造蛋白食品的价格都比传统同类食品贵,其中细胞培养肉最昂贵。这说明,人造蛋白食品的生产技术还有很大的研发改进空间。

我国合成生物学研究主要集中在医药和化学品生产领域,食品领域合成生物学的基础和应用研究起步相对较晚,但也取得了一些可喜成果。去年,中国科研团队就在国际上首次实现了从一氧化碳到蛋白质的一步工业化生物合成,且已形成万吨级生产能力,生产出的乙醇梭菌蛋白可以做养殖业的饲料原料。

总之，我们期待中国发展出大规模、低成本、可持续、高质量的蛋白生产方式。不仅要在数量上保障国家食物安全，也要在质量上提升功能与营养，让人造蛋白食品安全又营养、好吃又便宜，满足人民群众对美好生活的需求。

（刊发于 2022 年 5 月 15 日关注版）

新药含金量不是炒作出来的

近日,"我国科学家发现新冠治疗新药千金藤素并获专利"的消息广为传播。"千金藤素"概念股被爆炒大涨,之后多家上市公司密集辟谣说自己并未进行相关研究,多只相关概念股又随即下跌。

千金藤素到底是什么?它真的能治疗新冠吗?

千金藤素是一种生物碱,是从防己科千金藤属的藤本植物中提取出来的活性成分。作为化合物的千金藤素,早在 20 世纪 30 年代就被日本科学家成功提取。中成药千金藤素片在国内外都已上市,有几十年临床使用历史,主要用于肿瘤病人放化疗所致的白细胞减少症。

此次被炒作的千金藤素专利,并非千金藤素的化合物专利,而是千金藤素用于抑制冠状病毒的用途专利。2020 年 1 月份新冠疫情暴发后,该专利发明人、北京化工大学童贻刚教授的团队,从几千种已上市药物中筛选出抑制冠状病毒效果最强的一种,就是千金藤素。该团队于当年 2 月份提交专利优先权,当年 3 月份发表论文。此后,千金藤素抗新冠病毒的效果被日本、美国等多个实验室验证过。

但是,该专利只是基于在体外实验中的发现,并没有进行临床试验,也未经过药物新适应证审批。一个化合物在体外实验中能杀灭病毒，距离成为临床药物还很遥远，最终失败率也非常高。比如，去年有份专业研究报告，指出美国从2011年至2020年的12728个项目，发现药物开发项目从1期临床到获得美国FDA批准上市的成功率平均为7.9%，所需时间平均为10.5年。

童贻刚团队的发现，只能说明千金藤素是个有潜力的候选药物。在这样的背景下，现在就拿千金藤素当新冠治疗"新药"进行概念炒作，实在莫名其妙。

那么，千金藤素有开发前景吗？有含金量吗？

筛查老药以治疗新疾病，是一种常见的低成本、高效率的药物开发模式"老药新用"。一个全新药物需验证能否安全地用于人体，要耗费漫长研发时间并承担巨大风险；而老药已经过安全性验证，只需确认其对新适应证有效即可，这会大大缩短药物开发时间，也能提高成功概率。

不管是新药研发还是老药新用，临床试验都必不可少，且耗资巨大。据了解，童贻刚团队目前还没找到愿意合作开发的药厂，而一家加拿大药企已与美国FDA接洽开展千金藤素治疗新冠的临床试验研究，预计将在今年下半年启动。

千金藤作为中草药历史悠久，唐代药书《本草拾遗》中就有记载。但千金藤素由日本科学家提取，千金藤素治疗新冠的临床试验或许也要被加拿大药企抢先。

这不由得让人想起青蒿素。药学家屠呦呦从东晋医书《肘后备急方》中获取灵感，其所在团队于20世纪70年代初成功提取了青蒿素，后来成为治疗疟疾特效药。但我国当时对知识产权重视不够，1977年发表的相关论文中公开了青蒿素的化学结构。此后，国外制药公司在我国公开的核心技术基础上，经过再开发，大量申请青蒿素外围专利。我国是青蒿素原创国,却未成为青蒿素类药物产业链的龙头老大,这不能不说是一种遗憾。

中医药在我国有几千年历史,从中药验方中提取、发现有疗效的化合物,是一条切实可行的新药研发道路。但在资本市场爆炒概念,炒不出千金藤素的真正含金量。要在中药宝库里挖掘真正的"金矿",还需要更多科学家投入艰苦的基础研究,也需要更多药企拿出真金白银投入临床研究。

(刊发于2022年5月22日关注版)

助归国留学生实现人生价值

"2021年回国创新创业的留学人员首次超过100万！"近日开幕的第二十届中国国际人才交流大会上，科技部部长王志刚透露的这个信息引人关注。

数字让人感受到动力。它显示出，中国正成为世界重要人才中心和创新高地。

出国留学是中国青年成就学业了解世界的重要途径，留学归国人员是中国科创事业的重要力量。40多年来，双向流动人数一直在迅猛增长。1978年是中国改革开放刚刚打开国门的一年，那一年选派出国留学人员仅800余名，回国留学人员仅248人；到了2019年，超过70万人出国深造，超过58万人学成回国。从1978年到2019年，各类出国留学人员累计超650万人，回国留学人员累计达420余万人。随后两年，新冠疫情及国际关系变化等因素加速推动海归回国潮流。2020年留学生学成回国77.7万人，2021年回国就业学生估计达到104.9万人。

秉持人才是第一资源的理念，中国坚定实施创新驱动发展战略。中国国家创新指数排名从2017年的第22位上升到2021年世界第12位。不断上升的国家创新实力与"聚天下英才而用之"的良好氛围相辅相成、互相促进，吸引着一年百万级数量的海归前来工作创业。

数字也让人感受到压力。2022年中国国内高校毕业生预计为1076万。一年千万级数量的国内毕业生，百万级数量的归国留学生，就业压力前所未有。而对于可以创造就业岗位的海归创业者来说，疫情冲击等因素让他们遇到"资金流紧张""订单量减少"等种种困难，创业之路并不好走。

如何让一年百万级数量的留学归国人员安心创新创业？

要建设更透明和与时俱进的留学生回国服务体系。一方面要规范留学生在全国各城市就业落户、专业认证、身份认证等流程手续，有效应对未来若干年内可能持续出现的海归潮；另一方面要打通不同部门之间的信息壁垒，对海归人才就业创业、申请居住证、落户等数据汇总整理，建立职能部门的内部信息合作共享机制。

要推动相关政策信息对外开放，打造留学生就业创业相关政策汇总通告平台，还可以建设海归人才供需对接数据库平台，增强信息透明度，为市场化配置创造有利条件。

要实行更加积极、更加开放、更加有效的引才育才政策，着力破除人才培养、使用、评价、激励、流动、保障等方面的体制机制障碍，深化人才发展体制机制改革，让各类归国人才在国内创业有机会、创新有条件、干事有舞台、发展有空间。此外，动态跟踪"海归"群体发展状况，为相关部门的人才政策调整优化提供依据。

浩荡归国潮，激励强国梦。生逢伟大时代是人生之幸，留学归国人员心系"国家事"、肩扛"国家责"，必将在中国这片沃土上发挥聪明才智、实现人生价值！

（刊发于2022年5月29日关注版）

超超临界发电有什么超能力

近日,在"中国这十年"系列主题新闻发布会上,科技部部长王志刚两次点赞超超临界发电技术。"超超临界"这个拗口的技术名词顿时火了起来,成为关注焦点。

什么是超超临界发电?

超超临界是应用于火电的概念。我们所熟悉的火力发电,是利用煤炭等燃料在锅炉内燃烧,将水加热成高温高压的水蒸气,推动汽轮机高速旋转,再带动发电机发电。按热力学原理,水蒸气的压强和温度越高,发电效率就越高。1个标准大气压下,水从液态变为气态的沸点是100℃,想要提高水蒸气温度,就要增大压强以提高沸点温度。在22.115兆帕压强、374.15℃温度下,水蒸气密度与液态水一样,到达临界状态;当温度和压强都超过了临界值,水会处于超临界状态。用超临界状态的水蒸气来发电,叫作超临界发电技术,而超超临界发电则是比超临界发电技术更高的阶段。

目前,超超临界与超临界的划分没有国际统一标准。我国"863计划"项目"超超临界燃煤发电技术"中,将超超临界参数设置为压强≥25兆帕,温度≥580℃。

超超临界发电有什么超能力?

一是它先进可靠,拥有自主知识产权和国产化设备。

其实，超超临界发电并不是新概念。从20世纪50年代起，美国、英国、德国、日本等发达国家就开始了超超临界发电技术的研发应用。我国起步晚，1992年才开始兴建超临界机组，但利用国内巨大市场，多家公司长期发力，已具备自主研发能力和相关知识产权，实现了超超临界机组的国产化。2006年11月，由中国能建集团设计的华能浙江玉环电厂投产运行，这是中国首台百万千瓦超超临界发电机组工程。迄今为止，我国已连续15年布局研发百万千瓦级超超临界高效发电技术，供电煤耗最低可达到264克每千瓦时，处于全球先进水平。目前，该技术已在全国推广，占煤电总装机容量的26%。

二是它基础深厚，立足于我国以煤为主的能源禀赋。

中国的电力发展有力支撑了经济的快速增长，火电功不可没。我国2021年总发电量达到85342.5亿千瓦时，其中火电发电量为58058.7亿千瓦时，占总发电量的68%。而我国化石能源资源特点是"富煤、缺油、少气"，煤电在火电中占比最高。作为制造业大国，中国要发展实体经济，能源的饭碗必须牢牢端在自己手里，以煤为主的能源禀赋决定了煤电在相当长时期内仍将承担保障我国能源电力安全的重要作用，意味着我们不能轻易抛弃煤电。

三是它前景可期，站上了实现双碳目标的时代风口。

众所周知，虽然煤电的缺点是污染大、排放高，但清洁能源发电在稳定性、消纳等方面存在诸多问题，煤电是我国能源安全的主要担当。如何用更少的煤发更多的电，达到节约资源、提高效率、减少排放的目的，成为亟须解决的问题。超超临界发电技术正是对煤炭资源的清洁高效利用，既可建设新机组，也可用于改造老旧机组，把煤炭"吃干榨净"。

超超临界发电有什么超能力

  碳达峰、碳中和双目标是一场能源革命,正在推动人类由工业文明走向生态文明。超超临界发电技术的超能力,就在于它集齐了天时地利人和的成功要素。作为火电节能减排的主要技术之一,超超临界发电技术将助推我国能源事业高质量发展。

(刊发于 2022 年 6 月 12 日关注版)

探索地外文明有危险吗

近日,"中国天眼发现地外文明可疑信号"的消息登上热搜,引发关注。有网友好奇:真的存在地外文明吗?也有网友提出问题:探索地外文明有危险吗?

是否存在地外文明,是概率题。

生命的诞生和文明的形成是概率很低的随机事件,但当基数足够大时,偶然就成为必然。宇宙中有几千亿个银河系这样的星系,银河系中有2000多亿颗太阳这样的恒星,很多恒星系里都有行星和卫星,如此巨大的基数足够产生许多宜居星球。地球的年龄约为46亿年,宇宙的年龄约为138.2亿年,这样漫长的时间也足够孕育生命与文明。虽然至今未能确认地外文明的存在和地外生命的形式,但大多数人都相信,人类不会是宇宙中孤独的智慧生命。

"中国天眼"是目前世界上最大最灵敏的射电望远镜,搜寻地外文明是其几大主要科学目标之一。2018年,"中国天眼"安装并调试了专门用于地外文明搜索的后端设备,可从浩如烟海的电磁信号中排除天体和人工信号,筛选出有用的窄带候选信号。此次上热搜的新闻,就是北京师范大学张同杰教授团队使用"中国天眼"发现了几例来自地球之外可能的技术痕迹和地外文明候选信号。

探索地外文明风险,是选择题。

探索地外文明有危险吗

我们要在主动发送与被动接收之间作选择。很多人认为，与地外文明接触会带来巨大风险，人类与外星智慧生命的相遇可能不一定美好，或将变成美洲原住民遇到欧洲殖民者那样的故事。主动向外星文明发送人类信息或广播地球位置的行为一直都存在巨大争议，科幻小说《三体》就描绘过这样做所带来的灭世悲剧。不过，目前"中国天眼"只是被动接收并分析来自太空的各种可能信号。美国倒是曾多次主动发送信号：比如1974年，美国曾用阿雷西博望远镜对准武仙座球状星团发射了3分钟的人类文明信号；再如美国发射的"旅行者"1号和2号，都在完成探测任务后变成太空"漂流瓶"，带着许多人类文明信息漫游在星际空间。

我们要在积极探索与故步自封之间作选择。文明存亡有很多因素，积极探索虽可能危险，但故步自封更难获安全。对人类来说，地外文明的探索不仅是宇宙探索的一部分，而且同时对人类的进化和科技的发展都将产生深远的影响。求发展、求进步，人类文明才可能在浩渺宇宙中从弱到强。

人类对地外文明的想象很丰富，却至今未探索到确切答案。从文明生存策略来讲，低等级文明确实可以"高筑墙、广积粮、缓称王"，不主动暴露自己在宇宙中的位置，以减少遭到高等级文明降维打击的风险。但低等级文明要向高等级文明进化，对宇宙的探索就必不可少。利用"中国天眼"收集地外文明信号，促进人类科技进步，是两全其美，也是中国智慧。

（刊发于2022年6月19日关注版）

有必要做好隐私计算

近日,中央全面深化改革委员会审议通过了《关于构建数据基础制度更好发挥数据要素作用的意见》,加速建设数据基础制度提上日程。可用不可见的隐私计算成为业内看好的数据基础制度建设支撑技术之一。

什么是隐私计算?

科学家姚期智40年前提出过一个"百万富翁问题":2名百万富翁在街头邂逅斗富,但为保护隐私又不想让对方知道自己身家几何,如何在不借助第三方的情况下,让对方知道谁更有钱?

这个经典问题催生了多方安全计算这门密码学分支,在不泄露数据的情况下,对多方数据进行联合计算,并得到明文计算结果,实现数据所有权和数据使用权的分离。多方安全计算技术与联邦学习、可信执行环境等技术融合,就形成了数字经济时代必不可少的数据安全技术体系——隐私计算。

发展隐私计算,是构建数据基础制度的技术基石。

数据基础制度建设的重要目标是促进数据高效流通使用、赋能实体经济。但开放和安全常常难以兼顾,数字技术和国民经济、社会发展融合得越深,面临的安全挑战也就越大。

比如,很多网友在享受网络便利的同时,都经历过个人信息泄露的困扰,经常会接到诈骗电话和推销电话等。这与数据要素的特性有关:数据不会因被使用而受损,它是可无限复制、重复使用的,这个特性为个人信息滥用、数据非法贩卖提供了便利。

但我们不能因噎废食。2021年中国数字经济规模超45万亿元,稳居世界第二。数据作为新型生产要素,是数字化、网络化、智能化的基础,已经并将继续深刻改变我们的生产方式、生活方式和社会治理方式。

我们既要维护国家数据安全、保护个人信息和商业秘密,又要开放数据孤岛、畅通经济大动脉,就必须把安全贯穿于数据开发和流通的全过程,而这正是隐私计算技术的用武之地。隐私计算强调数据可用不可见,保护数据全生命周期的安全,在保障安全的基础上充分释放数据价值。

构建数据基础制度,将推动隐私计算的技术进步。我国数据场景丰富,数据规模庞大,这些都是促进隐私计算技术进步的有利因素。从制造业数字化转型看,2021年,我国工业互联网融合应用拓展至45个国民经济大类,产业规模超过1万亿元;从服务业数字化水平看,我国电子商务、移动支付规模全球领先,网约车、网上外卖、远程医疗等市场规模不断扩大,2021年电子商务从业人员规模已超过6000万人。

数据基础制度建设的加速,以及数据产权、交易流通、收益分配、治理监管等上层设计的进一步完善,有效加快了数据要素的市场化流通,将促进数字经济"蛋糕"做得更大。而更大规模的数字经济,意味着对数据安全、网络安全更高要求。在快速增长的产业需求带动下,隐私计算将与各类行业应用场景广泛深入结合,促进相关技术的快速迭代。

科创之声

  数据要素市场的核心诉求是兼顾高效流通与隐私安全。为了数字新基建底座的安稳牢靠,为了数字经济的高质量发展,构建数据基础制度需做好隐私计算。

(刊发于 2022 年 7 月 10 日关注版)

从学科排名看工程师红利升级

近日,高等教育评价专业机构软科发布《2022软科世界一流学科排名》,覆盖理学、工学、生命科学、医学和社会科学五大领域的54个学科。在全球96个国家和地区的1800余所上榜的高校中,中国内地高校夺得14个学科榜首,且夺冠学科均为工学领域。这不由让人想起一个名词:工程师红利。

工程师红利是适应高端制造和科技行业发展的新型人口红利。近十几年来,中国接受过高等教育、具备创新能力的中高端人才迅速增加,取代了过去依赖低成本的劳动竞争模式,劳动人口红利正升级为工程师红利。中国的工程师红利能吃多久?显然与工程师的质量和数量有关,也和工科教育的质量和数量有关。

首先,我们要继续加强工科建设,延长工程师红利。中国工程师人数现已高达数千万,是一个庞大体量的职业群体。一方面,中国近些年制造业综合实力和国际影响力大幅提升,制造业规模连续12年位居世界第一,有赖于工程师群体的不懈努力;另一方面,我们正加快建设制造强国,加快发展先进制造业,科技自立自强的目标需要高校加强工科建设,培养更多高素质青年人才源源不断加入到工程师队伍中来。

在2022软科排名中,工学领域一共22个学科,中国在其中14

个学科夺冠,在仪器科学的学科排名中,中国高校甚至包揽了前9名。这与中国的制造业大国地位是相称的,但我们也需要戒骄戒躁,继续努力,争取更多更大的工科优势。

其次,我们要努力建设世界顶尖的理学各学科,为中国制造打下坚实根基。基础研究是整个科学体系的源头,是所有技术问题的总机关。基础科学原创成果的数量和质量,决定着一个国家的科学研究水平。我们要强化基础研究对制造业关键核心技术攻关的支持,才能解决制约发展的"卡脖子"问题。

理学是基础科学。在2022软科排名中,理学领域有8个学科,其中,美国拿了5个第一,并在物理、化学等多个学科的十强榜中占据一半以上席位;而中国没有一科夺冠,在8个学科的十强榜单中一共仅占3席。这提示我们,中国基础科学研究短板依然突出,还需要瞄准世界顶尖水平而努力。

多年来,受学科难度大、薪酬较低等因素影响,欧美国家的本土学生不愿选择工科专业,而是偏好商科、法学、医学等专业,科技人才数量出现下滑趋势,给国家未来竞争力造成一定影响。在2022软科排名54个学科中,美国摘取32个学科第一,优势巨大。但细分到工学领域的22个学科,则是中国拿了14个冠军,美国拿下了另外8个。这个数据对比,体现了一个多年来在各类报告中反复提到的社会问题:一些发达国家的青少年不愿学习工科专业。

中国要实现高质量发展,需要改善社会分配,激励人们勤劳致富、创新致富。让工程师共享红利,可以更好地体现社会主义制度优越性,激励更多青少年投身科技事业,创造美好明天!

(刊发于2022年7月24日关注版)

有格局的空间站更开放

近日，随着中国空间站首个科学实验舱"问天"的入列，我们距离全面建成空间站的目标更近了一步。这让国外某在线问答网站上的一个老问题再度翻出。问题是："在中国新发射的太空船上只使用中文，这是否说明这个国家自我封闭？"答案是：用中文的空间站更开放。

中文是对全世界开放的语言。去年6月份，我国"天宫"空间站迎来第一批航天员，在相关新闻视频里，不同于以往人类空间站惯用的英文和俄文标识，核心舱的操作界面采用全中文标识，当时就引发诸多关注。

"天宫"是中国人凭借自主技术在太空里独立搭建的家园，在家里用母语天经地义。美、俄宇航员在国际空间站里都能使用各自母语，中国人在自己的太空之家里没有理由不用中文。

中文是世界上使用人数最多的语言，是联合国六种官方语言之一，也是全人类的共同财富。作为目前世界上唯一广泛使用的象形文字，中文承载悠久的历史、具备优美的造型、包含丰富的信息，吸引着越来越多的世界各国人民学习和使用。中国人乐见外国人学中文——让国际友人共享中文之美，是中国人自古以来的文化自信。当前，已经有多国航天员积极学习中文，还和中国航天员一起生活、训练，期待未来走进"天宫"。中文不是交流的阻碍，而是开放的友谊之桥。

"天宫"是对全世界开放的空间站。用英文的国际空间站，并没有对全世界开放。俄罗斯近期已经宣布，预计2024年退出国际空间站。而在多年以前，中国就被国际空间站的小群体拒之门外。自1993年国际空间站项目立项，中国就希望加入国际空间站，但被美国以种种借口反对。美国国会甚至于2011年通过了"沃尔夫条款"，禁止美中两国之间任何与美国航天局有关或由白宫科技政策办公室协调的联合科研活动。

用中文的中国空间站，是面向全世界开放的科技合作平台。中国空间站早在正式搭建之前，就向全世界发出了登上"天宫"的邀请函。2019年6月，中国载人航天工程办公室和联合国外层空间事务办公室联合宣布，17个国家的9个项目成为中国空间站科学实验首批入选项目。17国来自亚非欧美各大洲，有俄罗斯这样的老牌太空劲旅，有德、法、日这样的科技强国，也有印度、肯尼亚、墨西哥这样的发展中国家。中国以海纳百川的胸怀探索宇宙，为联合国所有会员国提供使用"天宫"的机会，是"全球共享太空"的一个伟大范例。

中国空间站的建造运营，展现了中国自立自强的科技实力和蓬勃发展的综合国力；中国空间站的开放进取，展现了中国人探索宇宙奥妙、构建人类命运共同体的宽广格局。

有大格局才能真正探索大宇宙。上述在线问答网站上那个质疑中国空间站的提问，时隔一年又被众多网友翻出来，在跟帖中批评嘲讽。这说明，有格局的明眼人越来越多了。毕竟对全世界开放的空间站才是真正开放的空间站。

（刊发于2022年7月31日关注版）

国产大飞机怎样啃动万亿元市场

近日，中国商飞公司发布消息，国产大飞机C919完成取证试飞，这意味着C919距离交付投入商业运行又近了一步。目前，全球可搭乘百人以上的民航大飞机市场被空客和波音两家公司垄断，中国大飞机能否打破垄断？从C919的三大特点，我们可以做出客观预测。

一是立足自主技术研发。在飞机制造中，最具技术含量、成本占比最高的是结构系统、发动机系统和航电系统这三部分。C919的结构系统由中国商飞设计，多家国内企业一起制造，具备完全自主知识产权；发动机则由美、法合资公司CFM提供，在当前国际形势下，这存在一定风险，可加快国产替代产品的研发；航电系统由中美合资的昂际航电公司提供。

C919项目立项时，就在引导国内外企业合作成立合资公司，推动相关技术国产化。除上述3大系统外，飞机其他部分的组件和技术多由中外合资企业提供，C919的国产化率约60%。其实，国产化率并非越高越好。航空制造业被誉为"工业之花"，产业链长，附加值高，"吃独食"不利于开拓海外市场。C919立足自主技术研发，采用"主制造商+供应商"模式生产，我们已经将项目主导权掌控在手中。

二是接轨国际通行规则。商业大飞机领域行业壁垒高，适航证是其中最重要的壁垒，是大飞机进入国际市场的入场券。要取得适航证，先要进行试飞，表明其安全性和可靠性满足适航规章要求。C919 于 2017 年 5 月成功首飞，之后的 5 年时间里，6 架飞机在全国各地取证试飞，验证了飞机在失速、结冰、高温、高寒等种种极端情况下的安全性和可靠性。除在国内申请适航证外，中国商飞已向欧洲航空安全局（EASA）提出了 C919 适航申请，并获得受理。

取证试飞的过程有多艰难，从商飞公司宣传照片上一首题为《贺 C919 完成取证试飞》的诗可以得知：首飞不易适航难，六架雄鹰非等闲。夏去疆南迎酷暑，冬来漠北盼严寒。结冰遍向神州觅，风侧单吹嘉峪关。莫道审查多峻厉，成功取证尽欢颜！按照国际适航标准设计、生产并试飞成功的 C919，已经证明了其可靠可用，为投入商业运营打下坚实基础。

三是背靠广阔中国市场。据预测，到 2040 年中国客机队规模将达到 9957 架，占全球比例 22%，成为全球最大单一航空市场；未来 20 年中国将接收民航客机 9084 架，市场总价值超 9 万亿元。

C919 是一款面向主流市场的商业客机，想在美国波音和欧洲空客两大巨头眼皮底下"上位"，会面临很多"非技术因素"阻碍。前车之鉴是加拿大庞巴迪公司，该公司曾研发百座以上的 C 系列客机，挑战大飞机市场，结果遭遇重重打压，不得不将该项目卖给空客。C919 对标的是空客 A320 和波音 737 系列机型，158 座至 168 座的 C919 飞机，航程 4075 公里至 5555 公里，标价 0.99 亿美元，而空客 A320 售价 1.1 亿美元，波音 737MAX 售价 1.2 亿美元。载客能力相当，C919 性价比更高，加上其安全可靠的性能，又背靠广阔的中国大市场，我们相信，C919 有条件重写世界航空市场格局。目前，C919已累计有815架订单数。

C919是中国大飞机事业的起飞之作，带动形成的我国民用航空产业链蕴含着巨大潜力，国内如今已有22个省市、200多家企业、近20万人参与大型客机项目研制和生产。中国制造潜力无限，中国大飞机的故事正在开启。

（刊发于2022年8月7日关注版）

芯片法案拦不住"中国芯"

近日,美国《芯片和科学法案》正式签署,美国拟投入500多亿美元推动芯片的研发制造和劳动力发展,给"美国芯"又加一把油。根据该法案规定,获得资金补贴的芯片企业,未来10年内将不能在中国增产小于28纳米的先进制程芯片。也就是说,美国立法胁迫国际芯片商在中美之间选边站队。对此,中国外交部表示严正斥责。

芯片是数字时代的基石,我们必须突破美国对中国芯片的恶意封锁和打压。

看经济规律,"美国芯"逆势难行。

由于制造工艺日趋复杂,全球芯片企业普遍采用跨国合作方式降低生产成本,国际竞争已经与经济利益深度绑定。现在,美国想将芯片生产强行拉回美国,并排斥中国这个全球最大芯片市场,属于逆势而为,必将遭遇重重困难。

2021年全球芯片产能集中在亚洲,东亚地区半导体产能占全球73%,而美国占12%,欧洲占9%。产能向亚洲高度集中,是因为亚洲生产成本低。在美国建芯片代工厂,电力、水源、基建、人力等成本均较高。业内估算,美国新工厂的十年总成本比亚洲约高出25%~50%。美国芯片法案向相关企业提供25%的投资税负抵免优惠，从增加的成本看，这点优惠得不偿失。同时，芯片半导体产业的资本密集度高，是烧钱大户。此前，三星宣布在美国得克萨斯州建设的一家芯片代工厂，拟投资金额就达170亿美元。美国芯片法案总共才投资数百亿美元，不知能支持投建几家工厂？

造出来的芯片还需要卖掉。2021年全球芯片销售额5559亿美元，中国市场销售额达1925亿美元，继续位列全球第一。据波士顿咨询公司等机构估算，如果美国采取对中国"技术硬脱钩"政策，可能会使美国半导体企业失去18%的全球市场份额和37%的收入，并减少1.5万个至4万个高技能工作岗位。以杯水车薪的补贴，来诱惑本国企业远离中国市场，这就难怪法案签署当日，美股芯片股大跌了。

观市场前景，"中国芯"潜力看好。

中国是全球产业配套最齐全、芯片市场规模最大的国家。自2018年以来，美国就对中国半导体产业采取了各类芯片"卡脖子"手段。但在卡了4年后，中国芯片扛住压力，发展更快。在过去四个季度里，世界上增长最快的20家芯片行业公司中，19家是中国大陆企业。

在美国的极限施压下，中国芯片业越来越重视自主替代和产业链安全。以芯片制造关键设备之一的化学机械抛光设备CMP为例：其市场过去长期被美国应用材料、日本荏原两家公司垄断，如今，中电科电子装备集团8英寸CMP的国内市场占有率已达70%。中国人已多次在重大项目上以自主创新突破他国封锁，大家耳熟能详的就有"两弹一星"、北斗导航、载人航天等。对芯片技术产业，我们既要看到差距奋起直追，也要看到优势满怀自信。

在全球疫情和地缘政治双重冲击下，全球芯片产业正在迎来结构调整期，这是中国升级突破的重要机遇。中国具备庞大的市场规模、友好的招商环境、全球最大的工程师队伍、成熟的工业水平、完备的基础设施、强大的抗疫情稳生产能力，在经济全球化中不可替代。经济全球化是生产力发展的客观要求和不可阻挡的历史潮流，"美国芯"开历史倒车，企图堵别人的路，最终只会堵死自己的路。

（刊发于2022年8月14日关注版）

你想要什么样的机器人

8月18日至21日，2022世界机器人大会在北京举办。130余家企业携500余件展品亮相，更有30多款为全球首发新品。有的展品让观众感到亲切，比如会做煎饼果子的机器人，让人看着流口水；有的展品让观众笑得开心，比如100多只机器狗绑上布老虎后在红毯上组团跳舞，从科幻风秒变乡土风；有的展品让观众感觉微妙，比如有个工程师和"同脸"仿真机器人一起亮相，让人担忧这要是被拿来搞人脸识别盗刷银行卡可怎么办？

在这样的展会上逛一逛，你肯定会思考：我想要什么样的机器人？你的想法，决定着一个超级产业的未来。

用机器人替代人类完成繁重生产线工作的想法正在变成现实。2021年，全球制造业领域工业机器人使用密度已达到126台/万人，较2015年的66台/万人近乎翻番，"机器换人"趋势明显。

应用是机器人产业快速发展的动力。中国工业机器人的发展就得益于此。传统产业转型升级，新能源汽车、光伏电池、集成电路等新兴产业高质量发展，都离不开工业机器人。我国已连续多年成为全球最大的工业机器人消费国，国民经济中有52个行业大类、143个行业中类用上了工业机器人。2021年中国工业机器人销量达25.63万台，同比增长49.5%。

需求推动技术进步和产业增长。控制着机器人"关节"运动的精密减速器，是机器人核心零部件之一，曾被国外企业垄断数十年，现在已被多家国内企业突破。零部件突破，整机性能增强，系统集成应用广泛，中国机器人全产业链体系已基本形成，一批专精特新企业脱颖而出。2021年，中国工业机器人产量达到36.6万台，同比增长67.9%。

在机器人产业发展持续向好的背后，要看到，与国际机器人巨头相比，国内机器人企业还存在市值小、盈利能力较弱的问题。机器人企业应考虑如何更多满足市场需求，才能开辟出更大的蓝海。从需求分析，工业机器人市场正好，增长潜力还很足。同样从需求分析，服务类机器人等非工业类机器人的未来市场前景更是远大于工业机器人。未来谁占据非工业机器人的主导地位，谁就能占据全球市场的大头。能卖进千家万户的产品才是大蓝海产业，谁家里还不想要个机器人呢？

从技术驱动走向商业驱动，不能放松对技术创新的要求，更要从消费者需求出发，努力把消费者的梦想变成现实。要做到这点，需要更强大的正向设计能力和原创技术积累。比如，许多人想要机器人帮助人类完成枯燥的家务劳动，这个想法只有部分变成了现实。2021年，中国扫地机器人销售规模110亿元，同比增长17%，市场体量首次超过美国，零售额占全球32%。"懒人经济"催生了迅速增长的扫地机器人市场，然而还有保姆机器人、养老机器人等更多需求并未被满足。未满足的需求，不是因为我们不知道这些需求，而是因为未做出令市场满意的产品。毕竟，做到可比想到难太多了。

机器人大会上的机器狗，可以做宠物，也可以做救援，看你的需求如何。你想要什么样的机器人？这个问题的答案决定着未来的社会图景。期待机器人变成像智能手机一样常见的终端消费品，期待每个人关于机器人的梦想都能实现。

（刊发于 2022 年 8 月 21 日关注版）

明年夏天还会这么热吗

随着二十四节气中"处暑"的到来，不少地区从酷暑中退出，还有部分地区高温依旧，不过根据中央气象台最新预测，南方高温将于8月底基本结束。综合评判，我国此轮高温已达到自1961年有完整气象观测记录以来最强。许多人担忧：明年夏天还会这么热吗？

有自媒体针对这种担忧贩卖焦虑，拿一篇2020年发表的论文为依据，声称未来10年将越来越热，把"今年是未来10年最凉爽的一年"话题送上热搜。对此，论文作者所在单位中国科学院大气物理研究所发出辟谣声明，称该论文关注的是极高温室气体排放情景下，到2100年西北太平洋副热带高压的可能变化，并未涉及未来10年的气温预测问题。

其实，只要对当前的气象科技水平有了解，就能判断出，科学家还没有能力对未来10年这种时间尺度的气温变化做出准确预测。毕竟，这可是最难的一种气象预测。

在地球大气中，我们看到阴晴雾雪、冷暖干湿、风雨雷电等各种现象，气象就是它们的统称。气象预测有两类："天气预报"预测较短一段时间内大气状态变化，"气候预测"展望未来某一时期内气候发展的可能趋势。

人类需要预测天气。早在3000多年前的殷商时代，古人就用占卜来预测天气，并据此安排农业生产和军事行动。甲骨文中，至今还存有不少相关记录。显然，这种天气预测手段过于"玄学"。

随着科技发展，人类预测天气的准确率大幅提升，但大气是一个复杂的混沌系统，天然存在随机性和不确定性。现代天气预报和气候预测，都基于数值天气预报，而数值天气预报是对未来天气的近似模拟，不可能完全准确。越精细的预报可靠性越差，越长远的预报不确定性越大。以现在的科技水平，对某地3天内的天气可以做出较为准确的预报，如果提前15天预报准确率就会明显下降，提前预报今后10年哪年气温最高就更没谱了。从某种程度上说，预测10年甚至比预测100年还难，因为大众对其精细度要求更高，验证预测结果是否准确也更容易。

从恐龙灭绝时代至今的约6500万年里，地球大约降温了10℃。但在过去短短100年里，密集的人类活动等因素就将全球平均气温推高了1℃。不少科学家认为，全球气候变化的整体趋势是越来越暖，自然灾害和极端天气将越来越频密。在这样的大趋势下，国家对防范气象灾害重大风险的要求越来越高，人民对气象服务保障的需求越来越多，国家气候中心官网已经在定期发布对未来15天至30天的气候预测公报。

明年夏天还会这么热吗？在今年的极端高温后，提出这个问题理所当然，回答这个问题却还需要更多努力。

我们要努力推进气象工作高质量发展，在地球系统数值预报模式、灾害性天气预报、重大气象观测装备三大关键科技领域不断实现新突破，提高气候预测能力。我们要努力构建更强大更灵敏的防灾减灾机制，加强各部门各地区协调联动，加强粮食、能源战略储备，加快水利工程建设，提高防灾减灾能力。我们要努力做好气象科普工作，让更多人民群众面对天气预警做出正确应对，减少极端天气对身体健康的伤害。

总之，天有不测风云，我们要努力把"不测"变为"可测"，切实保障生命安全和生产发展，让人与自然和谐共生。

（刊发于2022年8月28日关注版）

期待企业成基础研究生力军

近日，国家统计局、科学技术部和财政部联合发布的《2021年全国科技经费投入统计公报》显示，2021年我国研究与试验发展（R&D）经费投入总量约2.79万亿元，较上年增长14.2%，再创新高。

从投入规模看，我国研究与试验发展（R&D）经费总量居世界第二，但仅相当于美国的一半；从经济转型升级的高质量发展需求看，我国还需继续提升研发投入。

我国将研发活动分为三种类型，包括基础研究、应用研究和试验发展，2021年这三种类型的经费占比分别为6.5%、11.3%和82.3%。而美日欧等发达国家的基础研究经费占比在12%~23%之间。对照我国的三类经费结构，基础研究显然还需要继续强化。当前，全球主要经济体科技博弈的本质是争夺未来科技主导权，投入基础研究、强化原始创新，是提高我国经济创新活力、增强产业国际竞争力的重要保障。

研发投入从何而来？从研发活动主体看，2021年，企业、政府属研究机构、高等学校经费所占比重分别为76.9%、13.3%和7.8%。企业研发经费规模超过2万亿元，堪称研发经费保障的最大来源。同时，企业还有很大潜力可挖。2020年规模以上工业企业中，开展研发活动的企业有14.7万个，占比36.7%，也就是说，还有六成多企业没有开展研发活动。

同时还要看到，我国企业研发经费主要投入应用研究和试验发展，基础研究占比仅为0.5%。而一些欧美创新强国的企业研发经费中，基础研究占比普遍在5%以上。

为研发"埋单"，尤其是为基础研究"埋单"，有利于企业培育核心竞争力、增强发展韧劲。比如，华为2021年研发投入达到1427亿元，占全年收入的22.4%，近几年每年基础研究投入都超过200亿元，其PCT国际专利申请量已连续五年居全球第一。

综上不难看出，要加大我国基础研究投入，除了国家财政继续投入，还得让更多企业加入基础研究俱乐部。

如何让更多企业乐于为基础研究"埋单"？

要给政策。我国有很多鼓励企业投入研发的优惠政策，比如研发费用加计扣除、固定资产加速折旧、人才激励等，但多为普惠政策，三类研发活动都能获得同等优惠。要让企业着眼长远投资基础研究，需要设计更多指向明确的特殊优惠政策。

要给人才。目前我国基础研究人才去高校院所多，去企业少。应健全完善人才"旋转门"机制，畅通人才在企业与大学、科研院所之间的流动通道，简化管理流程，鼓励高校院所科研人员去企业开展合作研究，提升企业基础研究能力。

要给门票。基础研究投入大、耗时长、见效慢，很多企业单打独斗力有未逮，却有能力和意愿在相关项目和基金里参一股。因此，可以扩大基础研究相关基金及项目的开放范围，鼓励更多企业加入。

现在，不少中国大企业已经在这方面做出努力，不惜重金投入研发，投入基础研究。期待有更多中国企业为基础研究"埋单"，期待中国企业在新一轮国际科技革命和产业变革中夺得主导权。

（刊发于2022年9月4日关注版）

科研助理扩招并非权宜之计

近日，科技部相关负责人透露，我国科研助理岗位加大开发落实力度，截至 8 月 31 日，科研助理岗吸纳 17.9 万人就业，其中 2022 届高校毕业生 15 万人。

科研助理岗位扩招，在当前就业压力下，堪称实实在在的好消息。不过，也有很多毕业生心存疑虑：科研助理岗位有前途吗？

科研助理是从事科研项目辅助研究、实验（工程）设施运行维护和实验技术、科技成果转移转化、学术助理和财务助理等工作的人员。在现代科学研究日益复杂化、组织化、专业化的分工背景下，这个岗位非常必要，也是国际通行设置。曾经有一项对北京市科研人员的问卷调查显示，"研究辅助人员太少"是科研人员在科研工作中遇到的最大困难，甚至超过了"缺乏科研经费支持"。

如何让科研助理扩招成为有利于国家、机构和毕业生的多赢选择？这需要多方共同努力。

对政府而言，应该加强顶层设计和政策保障。在建设科技强国的大目标下，科研助理扩招不应满足于缓解就业压力的短期目标，而应立足长远做好制度建设，要站在完善科研人才培养体系、促进科创活力、提升创新能力的高度来进行改革，让科研助理成为科技人才的蓄水池和后备军，而不是打杂工和临时工。今年印发的《科技部等七部门关于做好科研助理岗位开发和落实工作的通知》中，就强调加强科研助理岗位服务保障，包括为科研助理办理社保及住房公积金，科研助理岗位经费可按规定从科研活动直接支出中列支等具体内容。这些都是值得肯定的进步。

对机构而言，应该依据自身需求做好岗位设置及薪酬给付。目前，设置科研助理岗位的机构主要是高校、院所、企业，科研助理可以帮助这些机构减轻科研人员负担，提高科研效率。但也有一些科研助理岗位定位不明确，管理体系不健全，人员专业素养与岗位需求不匹配。机构应以提升整体创新能力为目标，依据自身特点和实际需求设置科研助理岗位，设定公平适用的考核评价标准，提供有市场竞争力的岗位薪酬，并畅通科研助理的职业成长路径。

对毕业生而言，可以在科研助理岗位上加强学习，探索自身能力边界，在不断尝试中明确未来职业发展方向。科研是创新工作，兼具探索性和不确定性。科研人才的成长和选拔，同样需要不断探索和尝试。科研助理岗位灵活机动，拥有大量学习锻炼机会和较多自由支配时间，具备多种发展可能。毕业生经过科研助理岗位的锻炼，可以带着科研工作经历进入下一阶段的就业、创业和升学中。在这个岗位上，有人继续深造拿学位、坚定了走学术道路的决心，有人转向后勤管理、成为项目管理专家。科研助理多为朝气蓬勃的青年，这个岗位给他们增加了学习蓄能和再次选择的机会，成为人生旅途的"加油站"。

科研助理是我国科技创新力量的重要组成部分。要让科研助理岗位扩招成为双向奔赴的多赢选择，而非彼此将就的权宜之计。

（刊发于 2022 年 9 月 18 日关注版）

开放合作才能通向星辰大海

第73届国际宇航大会近日在法国举行，两条消息让网友关注。喜的是成功完成我国首次火星探测的天问一号任务团队，获得国际宇航联合会2022年度"世界航天奖"。令人诧异的是美国宇航局（NASA）局长比尔·尼尔森在会上声称，美国与中国的航天合作"取决于中国"，中国"必须表现出一种开放态度""中国太空计划透明度不高"。

此言一出，顿时招致各国网友群嘲。有网友评论：取决于中国？请问中国可以删除"沃尔夫条款"吗？

事实上，破坏中美航天交流合作的始作俑者正是美国。2011年，美国国会通过了"沃尔夫条款"，限制NASA与中国同行的接触与合作。近几年来，美国更是变本加厉，不断扩大"科技霸权"战线，无视公平竞争原则，不尊重市场经济规律，在多个领域设置人为障碍，阻碍全球科技交流和贸易往来。某些美国官员甚至公开宣称，美国需要使中国放慢脚步，为"美国再次伟大"赢得战略空间及时间。

科技是全人类的智慧结晶，应该造福全人类，而不该成为遏制别国发展的手段。人为设置科技交流障碍，搞限制"脱钩"只会反噬美国自身，无法让美国再次伟大。

开放合作才能通向星辰大海

中国一直坚持把国家和民族的发展放在自身力量基点上，任何限制打压都阻挡不了中国科技发展和产业进步的步伐。中国航天事业的进步就是非常典型的实例。1993年国际空间站项目立项后，中国曾多次提出加入申请，都被美国以种种借口反对。现在，中国人自己的空间站正在"新房扩建"，距离完成全部在轨建造目标已经指日可待。火星探测方面，我国通过天问一号任务，一次实现了火星环绕、着陆、巡视探测三大目标，这在人类历史上也是首次。本届国际宇航大会上，天问一号任务团队获得的"世界航天奖"是国际宇航联合会设置的航天最高奖，2020年我国嫦娥四号任务团队代表也曾获此荣誉。中国人在短短三个年度中两次斩获世界航天最高奖，足以说明我国航天事业进展举世瞩目，也足以说明美国"沃尔夫条款"禁令并不能拦住中国航天前进的脚步。

反观美国航天，近日再次检测到新一代登月火箭阿尔忒弥斯1号发生液态燃料泄漏，原定火箭发射一再推迟。美国NASA能否如期实现"2025重返月球"计划？很多业内人士都表示不太乐观。科技交流禁令有损美国自身实力，于此可见一斑。

中美航天能否深入交流合作？这取决于美国能否摈弃零和博弈思维，放弃双重标准和"甩锅""泼脏水"的威胁施压。中国航天一直以积极姿态开展国际交流，北斗导航提供全球服务，中国空间站的太空实验机会向联合国所有会员国开放。中国从不拒绝建立在平等互利基础上的开放合作，但也绝不接受无端指责抹黑，更不会屈从于单边霸权主义的威胁。

科创之声

　　星辰大海，承载着人类的光荣与梦想。太空探索鼓励国际合作，空间领域的成果理应为全人类所共享。禁令与"黑锅"只会令星光失色，开放与合作才是通向新时代的坦途。

（刊发于2022年9月25日关注版）

吃鱼不挑刺并非奢望

近日，华中农业大学水产学院高泽霞团队透露了关于无刺鱼的最新研究进展：已繁育出完全没有肌间刺的武昌鱼（团头鲂）苗种，明年将进一步开展无刺鱼遗传稳定繁育工作。按照正常程序，新种质性状稳定后，再取得国家相关认证，就可以大规模推广。

过去，武昌鱼、鲫鱼等淡水鱼好吃但刺太多、易卡喉，是很多"吃货"的憾事，无刺武昌鱼研究取得重大进展的消息，让不少网友充满期待，纷纷表示：吃鱼不挑刺的梦想即将成真，接下来无核芒果、无籽石榴的研究项目能不能快点安排上？别着急，这些想法都有望实现。

进入新时代，人民需求发生了从"有没有"到"好不好"的重大变化。加快科技创新，满足人民对高品质生活的需求，是新一代科技工作者的光荣使命。无刺武昌鱼就是一个典型的实例。

无刺鱼要剔除的鱼刺，不是指作为脊椎的那条大鱼刺。吃鱼时容易卡喉咙的是鱼肌间刺，即鱼椎骨两侧肌间隔中的硬骨小刺，它们不仅带来食用麻烦，还是大规模机械化加工的重要障碍。研究无刺鱼的关键，就是找到对鱼刺生长起主要作用的基因。研究团队从2012年选择无刺鱼为攻关课题，到2019年年底，终于找到无刺主效基因。此前，鱼刺的遗传、分子调控方面研究几乎是空白，通过专业"挑刺"，高泽霞团队实现了世界上第一次全面鱼刺基因表达。该团队还将减刺基因申请了国家发明专利，作为公开信息向国内各个研究组推广。现在，不仅是武昌鱼，草鱼、银鲫、鲢鱼等淡水鱼的鱼刺调控研究也都各有进展，预计不久的将来，人们就可以吃上各类无刺家鱼。

从衣食无忧到高品质生活，人民的需求在提升，科技工作者也在同心协力，以更大的努力来应对需求的升级。人民对美好生活的向往，就是科技创新的出发点和落脚点，也是科技工作者的奋斗目标。

说起无刺鱼研究的科技进步，还令人想起中国碳纤维故事。碳纤维被称为材料之王，其应用范围很广，大到飞机火箭，小到钓鱼竿和羽毛球拍。一根碳纤维，只有头发丝十分之一那么粗，比铝还轻，比钢还硬。中国是碳纤维消耗大国，而在过去，碳纤维材料被日本和美国垄断。因为原材料被"卡脖子"的山东威海光威集团，决意重金投入碳纤维研发，这家生产钓竿的民营企业研制的国产碳纤维于2005年通过国家验收，一举打破了国外封锁。

近年来，在多家国内研究机构和企业的共同努力下，中国碳纤维制造技术屡次实现历史性突破，中国已于2021年首次超过美国成为全球碳纤维最大产能国。中国的国产碳纤维，不仅用在了鱼竿和球拍上，也用在了大飞机和风电叶片上。

应用需求是技术进步的重要推力。从突破封锁到更好更强，科技工作者的满腔热忱都获得了回响。市场对创新产品的需求，就是科技创新的强心针和加油站，也是科技成果转化升级的最大动力。

中国科技工作者从不忽视人民的呼声，中国人民也从不吝于为新技术付费尝鲜。为了共同的目标而一起努力，无刺武昌鱼将是一场美好的双向奔赴。

（刊发于 2022 年 10 月 2 日关注版）

"海克斯科技"嗨了谁

这个国庆假期,与"海克斯科技"博主对战的某品牌酱油屡上热搜。

"海克斯科技"原本是游戏用语,特指一种魔法和科技融合的技术。不久前,一些短视频博主将一些所谓"化腐朽为神奇"的食物制作技术称为"海克斯科技",揭露了用奶精粉和植脂末调配的奶茶,用碎肉和边角料压制的牛排,用明胶片、植脂末和糖浆炮制的燕窝……相关短视频爆火。

但当"海克斯科技"类短视频对准某知名品牌酱油配料表中的食品添加剂时,争议出现了。支持者认为,这是揭露无良商家,纯天然古法酿制的酱油才是高品质食品;反对者认为,这是对食品添加剂的污名化,现代食品工业离不开合法适量的食品添加剂。

其实,纯天然不代表高品质,传统工艺也不代表安全。纯天然古法食品往往保质期很短,变质食物中毒时有发生,比如两年前黑龙江就出现过聚餐时食用自制酸汤子造成多人中毒死亡的事件。大家最常用的调料——盐和糖,都是历史悠久的"防腐剂",传统的咸鱼、蜜饯,就是靠大量盐、糖来延长保质期。但盐吃多了会增加罹患高血压的风险,糖吃多了会增加得糖尿病的风险,古法制作的咸鱼、蜜饯都算不上健康食品。至于引起大家争议的酱油，传统古法生产酱油是露天晒制，酱缸生蛆很常见，很多人未必能接受蛆虫这种"纯天然"蛋白质；又因为靠盐防腐，属于高盐食品，也算不上健康。

食品添加剂不是洪水猛兽，是否健康安全要看科学评判。一些酱油配料表中有防腐剂等添加剂，主要作用是在减盐环境下抑菌，避免盐的过多摄入。只要添加剂符合国家食品安全标准、合规使用，并不会带来食品安全问题，我们只需要反对超剂量、超范围地滥用。但我们也要分清楚食品添加剂和非法添加物的区别。重大食品安全案件所涉及的三聚氰胺、福尔马林、苏丹红等都是非法添加物，不是食品添加剂，必须禁止添加到食品中。

引发网友对品牌酱油争议的还有"双标"问题。有网友晒出自己在国外买的该品牌酱油，配料表上没有防腐剂等添加剂，只有水、大豆、小麦、食盐等天然原料；而另一些网友晒出在国内超市采购的该品牌酱油的配料表，含多种添加剂成分。事实上，这只是该品牌的不同档次酱油，并非"双标"。在国内市场上，该品牌也有同档次不含防腐剂的酱油售卖，售价比普通酱油更贵一些。

面对"双标"的指责，商家其实不必过度反应认定这是竞争对手的攻击打压，与网友对立，而应在解释清楚事实真相的同时，发现其中蕴含的商机。从吃得饱到吃得好，人民的需求是食品工业进步的方向。酱油是中国家庭的生活必需品，越来越多的人愿意消费高品质酱油，这是好事。商家可以适度提高国内市场上高品质酱油的供货占比，让消费者有更多选择。

食以安为先。对消费者来说，不必迷信"零添加""纯天然"，而要以科学的态度选择食物,在食品价格、安全卫生、营养品质之间平衡,择己所需。对厂家商家而言,应该正视消费者需求,将科技手段更多用于提升食品的品质,而非只用于降成本增利润。"海克斯科技"嗨了谁?这要看科技应用是为了谁。

(刊发于 2022 年 10 月 9 日关注版)

五万亿元技术要素市场怎么建

到2025年,全国技术合同成交额要达到5万亿元。科技部官网近日公布《"十四五"技术要素市场专项规划》(以下简称《规划》)确定的这个具体目标,引起广泛关注。

党的二十大报告提出,构建全国统一大市场,深化要素市场化改革,建设高标准市场体系。5万亿元技术要素市场如何才能建成?

这要看发展基础和发展速度。在"十三五"时期,我国技术要素市场呈现良好发展态势。2020年,全国共登记技术合同54.94万项,成交金额2.83万亿元,是"十二五"期末的2.87倍,年均增长23.49%。可以看出,如果"十四五"期间继续保持高速增长,5万亿元的目标并不难实现。

但要圆满实现规划目标也并不容易,主要难度不在于"5万亿元"这个数额,而在于各项制度是否健全完善,是否能建成一个高标准的技术要素市场。

当前,我国经济进入高质量发展新阶段,新的发展理念和发展格局对技术要素市场建设提出了新的更高需求。按《规划》明确的发展目标,"十四五"期间,我国要基本建成统一开放、竞争有序、制度完备、治理完善的高标准技术要素市场。

要明确指导思想，把握基本原则。技术要素市场是社会主义市场经济体制的重要内容，这意味着我们必须按高水平社会主义市场经济体制的要求来构建高标准技术要素市场。

此前发布的《关于构建更加完善的要素市场化配置体制机制的意见》中，已经分类提出了土地、劳动力、资本、技术和数据这五个要素市场改革的方向。此次公布的专项规划，则是一个更具备可操作性的指导方案。建设高标准技术要素市场，显然需要找到五大要素市场建设的共同点，把握住"市场决定，有序流动""健全制度，创新监管"等共同的基本原则，坚持社会主义市场经济的根本方向，使市场在国家宏观调控下对资源配置起决定性作用。

要直面困难挑战，抓住时代机遇。技术要素的本质和属性不同于其他常见的生产要素。它具有非标性和依附性，链条长、风险大、不确定，大多需要依附于特定研发组织或科技人才而存在。这决定了技术是一种生产难、确权难、交易难的特殊商品，也决定了技术市场是一种建立难、定价难、监管难的特殊市场。

因此，建设高标准技术要素市场，需要认识技术要素的特殊性，直面技术要素市场所面临的现实困难挑战，并一一加以解决。比如，技术要素市场中存在一个影响科技成果转化的普遍问题：科技成果不卖是一张废纸，卖了可能存在国有资产流失的风险。针对这个问题，《规划》明确提出探索建立高校院所职务科技成果区别于现行国有资产的管理制度，开展高校院所职务科技成果单列管理改革试点，推动高校院所科技成果管理从"行政控制资产"向"市场配置资源"的转变。

健全科技成果产权制度、强化高质量科技成果供给、建设高标准技术交易市场、提升技术要素市场专业化服务效能、促进技术要素与其他要素融合、加速技术要素跨境流动，从《规划》提出的6项重点任务细则看，这份文件对五大要素市场建设的共性和技术要素市场建设的特殊性有充分认识，期待高标准技术要素市场早日建成，助力实现高水平科技自立自强。

（刊发于2022年10月30日关注版）

期待更多人才归国圆梦

近日，在2022深圳全球创新人才论坛上，著名生物学家颜宁宣布将辞去美国普林斯顿大学教职，回国创立深圳医学科学院。"颜宁归国"消息引发关注，"颜宁效应"迅速蔓延，有投资机构人士表示，如果颜宁教授有项目有融资需要，相信竞争将十分激烈。

这是颜宁二度归国。45岁的颜宁科研履历并不复杂，却可称优秀。她在清华大学完成本科教育，在普林斯顿大学拿到博士学位。2007年首度归国，她在清华大学当了10年教授，硕果累累：科研成果两次入选《科学》评出的年度十大进展，本人还因在蛋白质结构方面的突出贡献而入选《自然》杂志评出的"中国科学之星"。事业蒸蒸日上之时，颜宁于2017年再度赴美，任普林斯顿大学教授，并在此期间当选美国科学院外籍院士。

5年前颜宁赴美发展一事，曾被一些人评价为中国科研环境不佳、留不住顶尖人才；又被极少数人解读为科学家爱国之心不够坚定。其实这两种看法都失于偏颇。

在科技界，高层次人才跨国自由流动是常态，很多发达国家的顶尖人才都有类似经历。曾经，优秀青年赴海外深造，学成一身本领后回来报效祖国，是大家习以为常的中国科学家故事。颜宁的来去自如，跳出了传统叙事框架，让一些人产生质疑。其实，质疑大可不必。近年来，中国对世界顶尖人才的吸引力不断提升，以优越的科研环境和广阔的发展空间吸引人才，为顶级人才提供一展所长的圆梦舞台，与人才互利共赢，是中国科研实力进阶的表现。未来，开放的大门还将越开越大，中国将继续扩大国际科技交流合作，加强国际化科研环境建设，形成具有全球竞争力的开放创新生态。

"圆梦"对顶尖科技人才的吸引力之巨大，从颜宁的归国动机中就能看出来。在宣布回国的演讲中，颜宁表示，在清华和普林斯顿任教是她人生的第一个和第二个职业梦想，都实现了；这次回国是要实现第三个梦想，广招全球人才，协助深圳创建一个未来能在世界生物医药版图上占据重要席位的医学科学院。

深圳医学科学院不定编制、不定级别、自主设岗，遵循理事会治理、学术自治原则，是一所集科研、转化、经费资助、学生培养等功能于一体的新型研发机构。这样灵活的运作机制为雄心勃勃的颜宁提供了有足够吸引力和自由度的舞台。

创新是第一动力，人才是第一资源。纵观世界近现代史，每一次大国崛起，都与人才竞争和科技突破密不可分。中国要加快建设世界重要人才中心和创新高地，聚天下英才而用之，势必要给天下英才提供成就梦想的平台。

伟大事业呼唤人才，伟大时代造就人才。中华民族伟大复兴中国梦，将与中华儿女的个人梦想同频共振，互相成就。相信颜宁不会是个例，期待未来会有更多"颜宁"感受到中国引力，在中国实现人生梦想。

（刊发于 2022 年 11 月 6 日关注版）

航展"高光时刻"来之不易

近日,第十四届中国国际航空航天博览会在珠海举办。除了飞行表演的精彩连连,大额订单更是让人瞩目:据不完全统计,本届航展首日,在航展现场签订合作协议的金额就高达2500亿元,成交飞机超350架。

珠海航展举办26年,已跻身世界五大航展之一,成为航空航天工业的技术交流平台和产品销售平台。成交额是衡量航展影响力的重要指标,对比1996年首届航展总计20亿美元的成交额,今天的成绩单来之不易。

航展"高光"如何练就?

科技自立自强是立足之本。"两弹一星"精神、载人航天精神、北斗精神、探月精神……中国人自立自强勇攀高峰的奋斗精神,在航空航天事业中薪火相传。回顾历届珠海航展,从1996年首届航展亮相的"空中美男子"歼8-ⅡM战斗机,到2006年的"神舟六号"飞船返回舱,到2016年的歼–20,再到今年的中国空间站组合体1∶1实物仿真展示舱,这些夺人眼球的"明星"无不凝聚了中国航空航天人迎难而上的自信与豪迈。

本届航展中,一大波"高、精、特、专"展品集中亮相,一大批代表世界先进水平的航空航天新产品首发首秀,"中国造"在其中占据了最重要的位置，也是航展"高光"的重要载体。航展首日2500亿元的成交额中，有超500亿元是中国航天科技集团所得，涉及宇航、防务和航天技术应用及服务产业三大板块。

中国经济腾飞是繁荣之基。26年来，中国航展飞速进步，与中国经济腾飞同频共振。进入新时代，中国各项基础设施建设日臻完善，为广大中西部地区的航空出行创造了更多可能；人民群众对美好生活的新期盼，带来了中国消费市场的不断升级，也带动了中国航空需求量爆发式增长。

航空航天是技术密集型高端制造产业，带动效应强，产业链条长。以备受关注的C919为例。航展开幕首日，中国商飞公司就与7家租赁公司签署了300架C919飞机和30架ARJ21飞机确认订单；在此之前，C919已累计拿下28家客户815架飞机的订单。C919大型客机是我国自行研制、具有自主知识产权的大型喷气式民用飞机。它的研制成功使我国商用飞机产业的创新链、价值链、产业链得到拓展和延伸，它的畅销得益于中国强劲增长的市场需求。

坚持对外开放是活力之源。开放带来进步，封闭必然落后。珠海航展是中国航空航天产业对外开放的窗口和名片。26年来，从"跟踪发展"到"同台竞技""对等合作"，中国与发达国家在航空航天工业领域的技术对比发生了深刻变化。中国开放的大门越开越大，推动中国航空航天产业进一步融入世界。本届航展有43个国家和地区的740多家国内外企业参展，可见其开放度和吸引力。

珠海航展是逐梦蓝天的中国名片。这张金光闪闪的名片折射出中国人自立自强的勇毅、厚积薄发的坚韧、开放进取的襟怀。

科创之声

近年来,中国制造业供应链体系经受住了新冠疫情带来的严峻考验,让世界共享稳定的产业链供应链红利。参展外企普遍表示看好中国市场,希望持续加强与中国的合作,在中国持续扩大开放中得到更多发展机遇。

(刊发于2022年11月13日关注版)

高血压诊断标准需要调整吗

近日，高血压诊断标准之争颇受关注。由国家心血管病中心、中国医师协会等共同制定的《中国高血压临床实践指南》，推荐将国内成人高血压诊断标准下调至130/80mmHg。这与美国2017年下调后的诊断标准一致。按此前中国高血压诊断标准140/90mmHg，我国高血压患者有2.45亿人。一旦采用"新标准"，国内高血压患者数量将翻倍，达到近5亿人，超过总人口的1/3。这一消息引起很多人的担忧。但是，国家卫健委很快做出回应："目前，国家未对成人高血压诊断标准进行调整。"

2亿多人在高血压患者队列转了个圈儿。虚惊一场后，很多人不禁要问：高血压诊断标准真的需要调整吗？这涉及两个评价维度：一是对个人的健康收益；二是对社会的经济负担。

算个人健康收益账，高血压诊断标准的改变并无明确必要。

心脏像水泵一样不停地泵出和吸回血液，血液也在不停地冲击血管壁，产生血压。血压升高，可能给心、脑、肾带来危害。高血压的防治重在关口前移，对患者进行早期诊断和干预，能够减缓疾病的进展。一些科学研究发现，高血压对人体的损害，早在其达到现行诊断标准之前就已悄然开始。这是一部分专家推荐降低诊断标准的依据，但却招致另一部分专家的反对。

科创之声

最新临床试验结果表明：血压在130~139mmHg和85~89mmHg这个阶段、没有严重疾病的成年人，服用降压药物并不能明显降低发生心脑血管疾病的风险，却需要承受药物副作用的危害。对血压接近但并未超过现行高血压诊断标准的这部分人群，降低诊断标准容易带来不必要的药物滥用，还不如采用健康生活方式来调节血压。而健康的生活方式，就是限盐、减重、多运动、不熬夜、戒烟、戒酒、平衡心态。

算社会经济负担账，我国高血压诊断标准不需要向本就存在争议的美国标准看齐。

高血压诊断标准的制定，既要考虑到跟国际接轨，又要考虑中国经济现状和高血压发病率。高血压是列入国家管理的心血管慢病防治项目。我国高血压患者现有群体已经非常庞大，且知晓率、治疗率和控制率分别为51.6%、45.8%和16.8%，总体处于较低水平，还有很大提升空间。如果调低标准导致高血压患者翻倍，将极大加重国家医疗负担，挤兑医疗资源，反而让血压更高、更急需规范治疗的现有患者群体利益受损。

130/80mmHg的高血压诊断标准，目前仅有美国采用，且在美国医学界内部依然存在争议，其他国家均未跟进。而中国现行高血压诊断标准，与世界卫生组织标准一致，也是世界各国广泛采用的标准。

算算这两本账，我国高血压诊断标准目前并不需要下调。但标准之争也不是坏事，它让更多公众关注到高血压及早防治的重要性，更警示那些血压处于正常范围高值的人群，要尽快改变生活方式，做好自身健康的第一责任人。

（刊发于2022年11月20日关注版）

建成月球基地还需大量技术攻关

近日，一则关于月球基地的消息引发关注，让不少网友激动不已。据我国探月工程总设计师吴伟仁院士介绍：我国航天员有望在10年内登上月球。月球基地真的要从科幻走向现实了吗？

建设月球基地，需要对月球环境有足够的探测和了解。月球表面的重力只有地球的1/6，在月球发射火箭，航天器将会飞得更远，月球将成为人类深空探测的前沿，去往火星或其他星球可在月球中转。另外，月球上有高达百万吨级的氦-3储备，氦-3是一种高效、清洁的核聚变燃料，是最受关注的月球潜在资源之一。受地球磁场与大气的阻挡，地球上氦-3的含量极低，而月球上的氦-3储备可实现全人类数千年甚至上万年的能源供应。

建设月球基地，还需要丰富的载人航天经验和技术储备。中国探月工程自2004年获批立项以来一直进展顺利，当初规划的无人月球探测阶段的绕月、落月和采样返回三步走任务，现已全部完成。同时，中国载人航天工程1992年获批立项，历经30年奋斗，今年完成中国空间站在轨建造，也基本完成最初制定的三步走目标。随着月球探测和载人航天这两项重大工程最初各自设定的三步走目标的实现，下一步目标瞄准难度更高的载人登月建设月球基地顺理成章。

这些项目都建立在中国航天事业高速发展的基础之上。但要完成月球基地建设这个目标，我们还需要突破大量新的技术关卡。比如，交通工具的升级。作为进入太空的运载工具，运载火箭是太空活动的前提和基础，也决定着载人航天可以到达的高度。我国现有的最大推力火箭是长征五号，具备近地轨道25吨、地球同步转移轨道14吨的运载能力。空间站建设、月球采样返回、火星探测等重大任务的完成，都离不开它一推之力！而如果想要完成载人登月、火星取样返回等更高难度任务，长征五号的推力又嫌不够，需要有更强劲的重型运载火箭。目前，新一代载人火箭将综合运用已经成熟的火箭技术，以近地轨道70吨、地月转移轨道27吨的运载能力，让中国人在2030年前登上月球。与此同时，运载能力达到近地轨道150吨、地月转移轨道50吨的重型运载火箭也正在研制之中。

1969年，美国阿波罗11号首次将人类送上月球；1972年，阿波罗17号最后一次将人类送上月球。50年一晃而过，人类至今尚未重返月球。

我国规划的载人探月工程将统筹考虑载人登月与建立月球基地，在月球南极地区建科研站，进行实地科考。可以想见，在不远的将来，中国人会登上月球，建设基地，并以月球为跳板，去探索更加遥远而广袤的深空！

（刊发于2022年11月27日关注版）

推动科研与产业深度融合

近日，2021年和2022年"科学探索奖"举行颁奖典礼，100位青年科学家通过视频会议线上同屏，站上勇闯科学"无人区"的起跑线。每位获奖人将在5年内获得总计300万元奖金，并可以自由支配其使用方向。作为目前国内金额最高的青年科技人才资助计划之一，2018年设立的"科学探索奖"本身就是不断创新的探索。

"科学探索奖"探索更注重长远的创新生态。中国研发投入在2021年达到近2.8万亿元，规模居世界第二位，但基础研究投入占比仅为6.5%，远低于发达国家12%~23%的基础研究投入占比水平。与此同时，2021年中国企业研发经费规模超过2万亿元，是研发经费的最大来源。我国企业研发经费投入偏于短平快的实际应用方向，基础研究占比仅为0.5%，欧美创新强国的企业研发经费中，基础研究占比普遍在5%以上。

科学界与产业界就像红花与绿叶，红花推动繁衍迭代，绿叶提供能量生长，是共生互促的创新生态。推动企业等社会力量加强基础研究投资、加快原始创新步伐，是提升中国国际竞争力的紧迫需要。"科学探索奖"由腾讯基金会出资，可以说是凝聚更广泛社会力量投入基础研究的有益探索。

"科学探索奖"探索更加自由的创新机制。目前，我国基础研究

科创之声

投入主要靠财政经费，其预算、使用、报销都有相应规章制度，存在限制较多、程序较烦琐等问题。为此，国家在提高间接经费比例、下放使用权限、报销数字化等方面明确了一系列重要改革举措，给科研经费松绑，为科研人员减负。但要将这些改革措施落实落细，显然还需试点，推广更需时日。而社会资金具备更为灵活的优势，可以成为国家支持基础科研之外的有益补充。

自由探索难以预测，基础研究难以规划，"从0到1"的原始创新需要长期稳定且宽松的支持。"科学探索奖"评选由科学家主导，是"科学家说了算"；奖项覆盖基础科学和前沿技术的10个领域，强调支持难以规划、风险极高、耗时漫长的自由探索；对获奖人不设任何条件，奖金由获奖人自由支配，全力支持他们追随好奇心的方向来探索世界的奥妙。

科技是第一生产力、人才是第一资源、创新是第一动力。科技产业发展有赖于基础研究的革命性突破，没有原始创新的深厚地基，就很难有高水平的科技自立自强。期待"科学探索奖"不断探索社会资金持续稳定支持基础研究人才的新机制，也期待更多企业投入基础研究，为科学精神在中华大地上薪火相传加油添彩，让科研红花与产业绿叶相得益彰。

（刊发于2022年12月4日关注版）

太空水稻结籽收获多

近日，一批珍贵的水稻种子随神舟十四号3位航天员一起回家，引起了关注。这是人类首次在太空收获稻种——经过空间站里120天的培育生长，中国在国际上首次完成太空水稻"从种子到种子"的全生命周期培育。

太空水稻种植，是我们奔赴星辰大海必须点亮的技能。水稻是人类主要的粮食作物，养活着世界上近一半的人口，也是深受中国人喜爱的主粮。此前，国际上只完成了拟南芥、油菜、豌豆和小麦在太空"从种子到种子"的培养，水稻不在其列。成功繁殖种子，才可以保证植物在太空完成世代交替，生生不息，为人类在太空的长期生存提供后勤保障。

如今，在探索太空的过程中，食物等生存必备物资补给都依赖从地球上运输，成本极为昂贵。一位美国科学家曾透露，把1磅（约0.45千克）食品送上国际空间站需要花费约1万美元。未来，人类如果想探索更遥远的深空，就需要开辟太空农场。在太空农场里种植粮食和蔬菜，不仅能减少空间站、月球基地、火星基地的食物补给压力，还是构建人造生态系统的重要一环，能帮助回收废水、制造氧气、净化空气。

太空水稻成功结籽，预示着中国航天将为人类创造一个更加美好的未来。此次实验中，我们不仅完成了水稻"从种子到种子"的全生命周期培育，还在国际上首次尝试空间再生稻技术。在中国空间站内，水稻剪株后仅20天就再生出2个稻穗，并最终收获了再生稻的种子。再生稻又称稻孙子，是种一次收获两回的水稻。水稻收割了一茬后，利用稻桩上存活的休眠芽，在适宜的环境条件下，再长一茬水稻，再收一季。该技术可以大大增加单位体积中的水稻产量，为空间作物的高效生产提供了新的思路和实验证据。也就是说，中国人不仅在太空种出了水稻，还开辟出高产太空稻的技术路线。

难怪海外网友评论说，中华民族有种田的天赋，甚至将在中国空间站种植水稻称为"神农血脉觉醒"。虽然有点夸张，却也反映了中国人和平利用太空的精神传承。中国人素来讲究"民以食为天"，再生稻在中国有着1700年的悠久种植历史。无论在地球还是在太空，粮食都是人类生存的硬核根基。有了中国航天人的贡献，"人类成为多行星物种"大概率可以梦想成真。

太空种植还有望丰富地球上老百姓的餐桌。太空育种的社会经济效益显著。中国1987年首次将农作物种子送上太空，数十年来持续借助航天技术开展育种研发，累计搭载植物种子、菌种、试管苗等4000余种，经过国审和省审的航天育种新品种超过200个，累计种植面积超过1.5亿亩，产业化推广创造经济效益超过2000亿元。

太空微重力、高真空等独特条件能诱发种子遗传基因发生改变，这种改变有好有坏，就像开盲盒。在以前的太空育种中，种子送上太空一段时间，回到地球后选出发生良性基因改变的幸运儿，再经过多年筛选、繁育、测试、鉴定，耗时6年到8年才能最终进入市场。此次在轨获得的水稻种子能否变异成优良品种还不能确定，需要漫长的试验过程。但可以确定的是，中国空间站时代的到来，将为太空育种研究提供更多资源保障，为实现种业科技自立自强作出更大贡献。

中国航天事业已经迎来了空间站时代，太空种植必将蓬勃发展，成为中国人探索宇宙、开创未来的坚强后盾！

（刊发于2022年12月11日关注版）

为中国工业机器人的进步点赞

近日一家外国媒体发文称：中国工业机器人密度首次超过美国。这条消息让人颇感振奋。

工业机器人密度是衡量制造业自动化程度的关键指标。国际机器人联合会（IFR）发布的2022年世界机器人报告显示，2021年全球制造业机器人密度的新平均值已增至每万名员工141台机器人，是6年前（2015年为69台）的2倍多，中国以每万名员工322台工业机器人的密度位居世界第五。美国的工业机器人密度从2020年的255台上升到2021年的274台，排名则从世界第七位下降到第九位。这是中国工业机器人密度首次超过美国。

制造业是国民经济的主体，是立国之本、兴国之器、强国之基。工业机器人可以有效提高企业的生产效率，降低企业的运营成本和生产风险，被誉为"制造业皇冠顶端的明珠"，其研发、制造、应用是衡量一个国家科技创新和高端制造业水平的重要标志。近几年来，各行业加快数字化转型进程，工业机器人成为企业实现快速复工复产的重要工具。从IFR的报告数据可以看到，全球工业机器人都迅猛增长，美国的工业机器人密度也在上涨，只不过中国工业机器人密度涨得更快，这才超过了美国。

我国工业机器人密度的超速增长，得益于应用市场拓展和核心技术突破的双向奔赴。

从应用市场端看，我国工业机器人市场增长迅猛，除了汽车、3C电子两大需求最为旺盛的行业，化工、石油等应用市场都逐步打开，工业机器人应用已覆盖国民经济60个行业大类、168个行业中类。统计数据显示，2021年，全球工业机器人市场强劲反弹，市场规模为175亿美元，安装量创下历史新高，达到48.7万台，同比增长27%。而2021年中国市场累计销售工业机器人27.1万台，同比增长50.1%。可以看出，中国工业机器人销量占全球市场的比重超过了一半。

从技术供给端看，我国工业机器人研发制造技术水平大幅提升。传统工业机器人中，核心零部件占据了工业机器人整机70%以上的成本。近年来，我国不断突破工业机器人关键核心技术，精密减速器、智能控制器、实时操作系统等核心部件和核心技术研发取得重大进展，核心零部件国产化的趋势逐渐显现。可以说，在工业机器人零部件领域，国内头部企业纷纷做出突破，进口替代正在加速实现。

当然，这并不意味着我们可以自满。工业机器人密度比中国高的还有4个国家：韩国、新加坡、日本、德国。其中，第一名韩国的工业机器人密度堪称一骑绝尘，创下2021年每万名员工拥有1000台工业机器人的新高，是中国（322台）的3倍多。这个数字对比意味着，我国工业机器人还有深厚潜力和广阔市场可以挖掘，还有很大的进步空间。

党的十八大以来，我国机器人产业蓬勃发展，极大改变着人们的生产和生活方式，为经济社会发展注入强劲动能。期待新时代新征程中,更多中国生产的工业机器人进入全球制造业车间,在推动中国制造全面转向中国智造的同时,也推动全球工业自动化的进步。

(刊发于2022年12月17日关注版)

为世界发展贡献更多中国智慧

又到岁末盘点时，今年中国科技依然让世界瞩目。近日，英国《卫报》发布了由科学家选出的2022年度十项重大科学进展，中国两项成果入选。此前，《科学》杂志评选的2022年度十大科学突破中，中国云南大学胡凤益团队培育的多年生水稻入选；《自然》期刊公布的"影响2022年科学进程"的年度十大人物榜单中，北京大学青年科学家曹云龙入选；"2022年自然指数——科研城市"排名中，北京居榜首，中国有4座城市跻身前10榜单，20强榜单中国占8席。

这些令人振奋的消息，说明中国科技成果越来越具备世界影响力，越来越多的中国科学家走到世界科技舞台的高光区，越来越多的中国城市成为全球创新高地。当前，我国国民经济规模和研发经费投入规模均居世界第二、科技人力资源规模居世界第一，中国科技在世界上的影响力显然还有不少提升空间。如何为世界发展贡献更多中国智慧？

从国际形势看，中国科技发展必须立足于自立自强的基点之上。当今世界，一方面百年未有之大变局加速演进，国际力量对比深刻调整，逆全球化、单边主义、保护主义思潮暗流涌动；另一方面新一轮科技革命和产业变革突飞猛进,科技创新成为国际战略博弈的主要战场,围绕科技制高点的竞争空前激烈。错综复杂的国际形势下,我们必须保持强烈的忧患意识,牢记科技自立自强是国家强盛之基、安全之要。

中国空间站、中国天眼、北斗导航,每一件令国人自豪的大国重器都凝聚着自主创新砥砺奋进的心血;先进核电、超超临界燃煤发电、特高压输变电、掘进装备、高速铁路、杂交水稻,每一项跻身世界前列的高端产业都闪耀着不懈努力勇于竞争的光辉。当前,我国科技实力正从量的积累迈向质的飞跃、从点的突破迈向系统能力提升,实现了历史性、整体性、格局性重大变化,为中华民族伟大复兴提供了更为坚实的基础。接下来,在实现第二个百年奋斗目标新的征途上,我们依然要坚持科技自立自强,并且要实现高水平科技自立自强。

中国科技需要高水平自立自强,同样也需要推进高水平对外开放。公共卫生、气候变化、粮食安全、环境污染、能源短缺……人类社会正共同面临着日益严峻的重大挑战,应对这些挑战需要全球协作,以便充分发挥科技创新的作用。

中国空间站、中国天眼,都面向全球科学界开放。在科技创新领域,中国站在构建人类命运共同体的高度,一向反对"零和博弈"思维,秉持"合作共赢"理念,积极融入全球创新网络,从不吝惜与全人类共享创新资源。面向未来,中国科技事业将在高水平自立自强的基础上推进高水平对外开放,与包括发达国家和发展中国家在内的各个国家平等互利、合作共赢,共同推动全球创新要素的自由流动和有效配置,共同应对事关人类前途命运的重大挑战。

党的二十大报告把"实现高水平科技自立自强，进入创新型国家前列"纳入2035年中国发展的总体目标。在努力实现这个目标的新征程上，中国将逐步成为全球创新发展的领导者之一，以新发展为世界提供新机遇。

（刊发于2022年12月25日关注版）

抢占高科技产业发展必争之地

近日，注册于深圳的电子元器件和集成电路国际交易中心获得营业执照，其发展前景令人期待。

交易中心的成立正当其时。目前，世界芯片库存处于10余年来最高水平，全球芯片行业周期性逆风和美国对华芯片禁令正在打击行业需求。短短两年间，从"芯片荒"到"去库存"，全球半导体行业风云突变。在此背景下成立的电子元器件和集成电路国际交易中心，将承担引进国际知名电子元器件公司和上下游企业、优化供应链建设、集中采购等多项职能，着力打造电子元器件、集成电路企业和产品市场准入新平台。

芯片领域是高科技产业发展的必争之地。当今世界已步入数字化智能化时代，需要万亿级芯片。先进芯片是移动设备、电动汽车和游戏机的核心，是自动驾驶汽车、5G互联网、云服务和人工智能等下一代技术的基础，成为现代生活的重要组成部分。实现"十四五"规划纲要里中国芯片自给率2025年达到70%的发展目标，必须用好政府有形之手和市场无形之手。

一方面，发挥新型举国体制优势，加强原创性、引领性科技攻关，坚决打赢关键核心技术攻坚战，加快实现高水平科技自立自强，是不容置疑的国家战略选择。关键核心技术要不来、买不来、讨不来，这意味着政府部门必须围绕芯片领域的国家战略利益和国之重器，坚持目标导向、问题导向，加强顶层设计、统筹协调，系统化布局攻关任务。近年来，从芯片研发设计到制造应用，我国各级政府对半导体产业都加大了资金支持力度，取得了积极进展，但项目投资分散、高端芯片对外依存度高的不利因素依然存在。

另一方面，在国家财政支持之外，还需要社会资本的踊跃参与。半导体芯片是一个规模效应产业，投资多、周期长、风险大、国际依存度高，通过市场配置创新资源，既能让芯片投资方向更具产业眼光、提高投资成功率，又能使企业有机会从市场筹得更多研发经费，形成良性循环。此外，我国超大规模市场优势，正可以匹配半导体产业规模化发展的内在需求。在广阔市场中加快攻关产品推广应用，是新产品新技术迭代创新的营养基。企业是科技创新的主体，中国芯片企业的生存能力需要经受住市场检验，自主技术等核心竞争力也需要通过市场反馈来提升。

创新要素的市场化配置，既要发挥政府的宏观调控优势，也要发挥市场的灵活竞争优势。"市场之手"和"政府之手"叠加互补，才能共同促进资源的高效配置和技术的高速爆发。电子元器件和集成电路国际交易中心由13家国企和民企共同参与，形成以国资为主导、多种类型共同建设的格局。这样的交易平台，正是用看不见的手打好芯片这张牌的国际大舞台，推动中国高水平科技自立自强。

（刊发于2023年1月8日关注版）

小芯粒能否闯出强芯路

近日，阿里巴巴达摩院发布2023年十大科技趋势报告，上榜的"Chiplet模块化设计封装"引发关注，相关话题"国产芯片有望通过先进封装突围"一度冲上微博热搜。

Chiplet可译为"芯粒"，又称"小芯片"，是具备特定功能、明确边界且可组合的芯片单元。传统大型单片芯片自成一体，芯粒则更像积木，以多颗小核组合成为大核的平价替代品。从单片芯片走向芯粒组合，就仿佛从雕版印刷转为活字印刷，能降低成本、提高效率，被不少人视为中国芯片弯道超车的绝佳机遇。

小小芯粒能否真如国人所愿，闯出一条突破封锁的"强芯"大道？

让我们先看看行业国际趋势。过去数十年，半导体芯片制造工艺提升速度令人目眩，让"摩尔定律"广为人知——同样大小的硅片上，集成电路数目每隔18个月就翻一番。但近几年来随着制作工艺的进步，要在同等大小硅片上集成更多电路，就越来越受到物理极限的制约。先进芯片功耗攀升、良品率下降、成本急剧增加，甚至有业内人士称"摩尔定律已死"。这条路越走越窄后，全球芯片企业开始从芯片封装技术中寻找性能和成本的平衡点，芯粒技术就此应运而生。它不必改变晶体管电路的线宽线距，而采用异构集成技术把多个芯粒拼到一起，也能实现高密度集成。因其模块化设计的优势，还能大幅度加快新产品研发周期并提高良品率，成本也随之降低。

芯粒技术主要应用在自动驾驶、数据中心、消费电子、高性能计算、高端智能芯片等领域。有行业报告预测，2025年至2035年，全球芯粒市场规模将从65亿美元高速增长至600亿美元。目前，华为、AMD、英特尔等行业巨头都积极布局芯粒并推出相关产品。2022年更是芯粒技术大火之年，3月，英特尔等多家巨头联合推出通用芯粒互连标准UCle；12月，首个中国小芯片标准发布。可以说，芯粒技术是国内外都看好的一条芯片新赛道。

再看看芯粒在中国的发展环境。半导体芯片是数字经济发展的核心技术和重要基础，也是我国被卡脖子的关键领域之一。在5纳米等先进芯片工艺制程上，中国企业很难在短期内缩小与国际芯片巨头的差距。而芯粒技术恰恰可以最大程度压榨出14纳米以上成熟工艺区间芯片的潜力。如果先进芯片供应受阻，中国企业可借助先进封装技术把采用成熟工艺制程的芯粒拼接在一起，实现接近先进芯片的性能。此外，中国还有完整产业链和巨型市场。产业链上各企业协同起来，可以借助巨大的国内市场构建芯粒这个新赛道的新生态，驱动上游被钳制的环节进步。

看到了新赛道的光明前景，也不能忽视前进路上的重重荆棘。

要啃硬骨头。芯粒技术是先进制造工艺的补充，而不是颠覆式的替代。芯粒领域有很多技术挑战，还要满足不同应用场景的不同技术诉求，不会只停留在成熟工艺区间。这意味着我们不能投机取巧，依然要攻坚克难，要加快多学科协同的技术攻关。

要建大联盟。现代半导体行业的竞争，不是单一企业的竞争，而是联盟、生态之间的竞争。中国虽已发布首个芯粒领域的行业标准，但标准是否具备可行性、能否避免国内企业的内卷内耗，还有待实践的检验。

不畏艰辛，方得始终。期待更多中国企业练好基本功，在芯粒领域大展宏图！

（刊发于 2023 年 1 月 15 日关注版）

人工智能应用如何从烧钱变赚钱

近日，AIGC概念股大涨，让人工智能内容生成技术又一次成为热点。AIGC指人工智能（AI）自动生成内容，可用于绘画、写作、视频等多种类型的内容创作。火遍全网的AI绘画能依据用户输入的文字描述生成精美画作，生成式人工智能产品ChatGPT会跟人类聊天互动甚至还会写论文，都属于AIGC技术的应用。

从去年到今年，AIGC热点不断，前景被国内外多家机构一致看好。《科学》杂志发布的2022年度十大科学突破中，AIGC赫然在列。腾讯研究院发布的《AIGC发展趋势报告2023》认为，"经历了2022年的喧嚣和炒作，2023年AIGC将乘势而起，迎来更大发展"。还有国外商业咨询机构预测，2030年AIGC市场规模将达到1100亿美元。

与之不同的是，普通人在使用AIGC工具绘画写作的同时，往往都会产生担忧：人工智能都学会内容创作了，画家、作家、翻译这类以内容创作为主的职业，将来是不是都要消失了？

这看起来并非杞人忧天。去年美国科罗拉多州博览会举办一项绘画比赛，数字艺术类别的一等奖获奖作品《太空歌剧院》就是一名游戏设计师使用AI工具生成的画作。但也不必过于担心，AIGC技术目前尚不成熟，在音频、视频、图片、文字等形式的内容创作中存在明显的机械性问题，常常出错，还离不开人类的创意和把关。前述获奖画作就经过了设计师的反复调整、筛选，人类在其中付出了约80小时的脑力劳动。因此，对于一名务实的内容创作者来说，与其担心人工智能抢饭碗，还不如学会使用AIGC技术应用工具，让AI助手把自己从烦琐枯燥的重复劳动中解放出来，将自己个性化的创造力锤炼成真正的市场竞争优势。

AIGC技术让人工智能从感知理解世界到生成创造世界，是一次开创新时代的巨大跃迁。对有志于在新时代浪潮中掘金的企业来说，数据、算力、算法这驱动AIGC发展的"三驾马车"，每一项都耗资巨大，都可能导致经营成本的居高不下。而挑战也在于此：用户期待AIGC工具将内容创造工作的边际成本降至无限接近零，以便产生巨大的经济价值。饼好画，钱难赚。AIGC应用如何才能从烧钱变成赚钱？AIGC公司如何谋划方可跨过初创期的"死亡谷"？这些问题或许还需要经历大浪淘沙般的残酷市场竞争后才能有答案。期待大浪之后，淘尽黄沙始到金，而不要留下一滩狼藉空余恨。

对管理者而言，AIGC带来的法规和伦理挑战也十分巨大。AI的创造力基础，来自海量人类作品的"喂养"。这些养料中，可能含有大量未经授权的作品。在AI绘画大火之后，就有不少画师公开表示，禁止AI学习自己的作品。AI作品除了版权之争，还有侵权责任之争。如果AI生成的内容出现了造假、抄袭、剽窃等问题，该如何追责？AIGC技术还有可能被不法分子滥用，比如曾有人利用AIGC换脸伪造名人谈话视频进行诈骗活动。

当人工智能学会内容创作，我们如何才能分享新时代的红利？从个人角度，要学会利用AI助手并找到更具创造力的竞争优势；从企业角度,要做好商业模式和技术路线的融合谋划;从政府角度,要前瞻布局,搭建配套的法规和伦理框架。君子善假于物,要让AIGC成为人类创造新历史的新工具。

(刊发于2023年2月5日关注版)

中国版 ChatGPT 快来了吗

近日，美国人工智能研究公司 OpenAI 推出的聊天机器人 ChatGPT 火爆全网。它能通过学习和理解人类语言进行自然语言对话，跟人类聊天时遇到敏感问题会"打太极"，还能替打工人生成颇具幽默感的辞职信……

可以说，ChatGPT 打开了自然语言处理技术商业化落地且成为消费端爆款的大门，具有划时代的意义。中国目前还没有可媲美的类似应用，会在本轮 AI 竞争中因慢一步而落于人后吗？不必过虑！

AI 发展的三大要素是数据、算法、算力，中国在这三方面都有良好基础。

AI 的进步迭代需大量数据进行学习训练，ChatGPT 也不例外。ChatGPT 的训练使用了约 45TB 数据，其中包含多达近 1 万亿个单词的文本内容。从大数据资源看，中国拥有全世界最大规模的网民数量，有丰富的应用场景，在数据积累方面优势明显。

在算法方面，ChatGPT 的技术底座是大型语言模型。GPT 属于自然语言处理 NLP 的范畴，本质上仍是以深度学习为代表的人工智能技术长期发展和积累的结果，并未出现算法的革命性突破，发布于 2020 年的 GPT-3 是有 1750 亿个参数的大模型，ChatGPT 正是基于它的改进版本创建的。国内也有 NLP 领域的大模型，并有智能客服、作诗机等实际应用。虽然目前全球还没有能跟 ChatGPT 惊艳表现相抗衡的大模型，但是业界共识是差距在两年左右。两年的差距并非鸿沟，有赶超可能。

AI 的训练和使用需要强大的算力，算力的基础是芯片，有人担心中国在这方面会吃亏。实际上，芯片水平并不等同于算力水平，算力还需要广阔的应用场景支撑，需要具备对千万个芯片进行规模化调度运行的能力。《2021—2022 全球计算力指数评估报告》显示，美国计算力指数得分为 77 分，中国为 70 分，分列世界前两位，中国算力水平与美国处于同一等级，差距并不大。

对于中国企业来说，ChatGPT 的优点值得学习，它的不足也正是我们参与竞争的机遇。

学习它提高 AI 智商的新路径。ChatGPT 的聪明表现，源自让 AI 从人类反馈中进行强化学习。在训练过程中，人类训练者扮演着用户和助手的角色，这比过去 AI 大模型的"深度学习+人工标注"模式省时省力、效果更好。

在它表现欠佳的中文领域错位竞争。ChatGPT 的英文水平明显高于中文水平，这是它在训练阶段被"喂"了更多英文素材的必然结果，也可以成为中国版 ChatGPT 应用的竞争切入点。

从它被诟病的伦理挑战中寻得商机。ChatGPT 会一本正经地胡说八道，生成错误信息的能力远超人类。它还会被人类不当使用，比如学生拿它写作业、黑客拿它写代码用于网络攻击、诈骗犯拿它开设"杀猪盘"。防范治理这些风险，一方面需要完善相关伦理法规，另一方面也应考虑到人类处理信息的速度远逊于 AI 的事实，开发自动判别并警示 AI 生成有害信息的技术。届时，反 ChatGPT 技术也将成为新商机。

科创之声

中国版 ChatGPT 并不遥远，已有百度等多家公司宣布将进入此赛道。面对 ChatGPT 这个新晋 AI 网红，我们应清醒分析其优势和不足，学优补劣。

（刊发于 2023 年 2 月 12 日关注版）

美"载毒列车"事故有哪些启示

近日，美国俄亥俄州危险化学品泄漏事件处置情况引发关注。当地时间2月3日，发生了一场火车事故，该列车50节车厢脱轨或损坏，20节运载危险化学品的车厢中有11节脱轨。从已公开的信息看，这起事故处置难称科学，各方担忧确有道理。

事故发生前的风险防范不科学。安全生产理应防患于未然，安全第一，预防为主。从美国官方数据来看，载有危险品的列车脱轨事故频繁发生。根据美国联邦铁路管理局的数据统计，过去10年间，美国共发生列车脱轨事故12441起，平均每天3.4次，其中1.8次载有危险品。本次涉事的美国诺福克南方铁路公司多年来将利润置于安全之上，游说美国政府放松安全管制，并大量裁员。美媒相关报道显示，诺福克南方铁路公司并不是美国铁路系统中唯一一家为了逐利而忽视安全的公司。此次"载毒列车"脱轨原因，初步认定是车厢上的车轮轴承发生机械故障，暴露出美国货运铁路基础设施陈旧、运维能力不足的严重缺陷。

事故发生时的应急处置不科学。氯乙烯是合成聚氯乙烯的单体，主要用于制造聚氯乙烯塑料，即PVC塑料。事发后，列车运营方诺福克南方公司对其中5节车厢运载的氯乙烯进行所谓"受控释放"操作，将其排入一个事先准备好的坑道内点燃。有人说，装载压缩氯乙烯的车厢存在爆炸风险，氯乙烯在空气中燃烧生成水、二氧化碳和氯化氢，危害不大，该处置并无不妥。事实上，氯乙烯处置现场的视频和照片中黑烟浓重，这是危险化学品不完全燃烧的特征。氯乙烯的不完全燃烧能产生光气、氯化氢等有毒气体。光气是一种剧毒气体，曾在战争中被用作化学武器；氯化氢的水溶液就是盐酸，可形成酸雨。除了较早公布的氯乙烯外，脱轨列车上还装载其他多种有毒化学品，这些危险化学品燃烧、泄漏，带来的伤害是长期和慢性的。

事故发生后的危害评估不科学。"受控释放"仅仅两天后，当地官员就宣布，事故区域及附近居民区"空气和水质安全"，劝告被疏散的居民回家。现在，当地居民中，已有人出现头痛和恶心症状，还有人在社交媒体平台上传了当地出现死鱼、死鸡、死狗、死狐狸的照片。事故产生的污染会持续相当长一段时间，如果采取科学干预措施，本可以缩减危害时间和危害程度。但如果对该事故的危害评估不到位，那后续的科学干预措施能找谁来出钱出力实施呢？有专家预测，在无外力干预的情况下，此次事故造成的污染有可能会持续20年，甚至更久。

美国是全球领先的科技强国，其对危险化学品的安全管理和处置经验曾被许多国家学习。但俄亥俄州"载毒列车"脱轨事故的处置中，美国的种种表现堪称"负面示范"。化工在国民经济中占有重要地位，是基础产业和支柱产业，其涉及的危险化学品易燃易爆、有毒有害，是安全生产工作的重中之重。此次美国"载毒列车"脱轨事故触目惊心，国际社会应引以为戒，更加重视危险化学品的重大安全风险防控。

（刊发于2023年2月19日关注版）

科技引擎助企业创新发展

近日，国家创新调查制度实施10周年工作座谈会召开。会上透露的一个信息引发关注：我国的企业创新调查基本实现对创新活跃行业领域的全覆盖，年度调查对象总量已逾100万家，远远超过世界其他经济体。

国家创新调查为何纳入逾百万家企业？

企业是科技和经济紧密结合的重要力量，做好企业创新调查，既是算科技账，也是算经济账。

从科技创新统计体系看，我国目前已形成企业创新调查与R&D（研究与试验发展）统计各有侧重、互为补充、相互促进的科技创新统计体系，调查范围覆盖全国超过100万家企业、2400多所高校、6800多家科学研究和技术服务业非企业单位，成为世界体量最大的创新统计调查体系。

从国民经济统计体系看，我国已于2016年对研发支出核算方法进行了改革，将能够为所有者带来经济利益的R&D经费投入，不再作为中间投入而是作为固定资本形成计入GDP，进一步推动我国国民经济核算与国际标准的接轨。而企业正是我国R&D经费的主要提供者。2021年，企业R&D经费占全社会R&D经费比重达到76.9%，创新主体地位进一步巩固。

调查不全面，就没有发言权。当前，我国经济繁荣曲线与企业创新曲线同频共振，越来越多的企业加入创新创富大潮。2021年，我国规模以上工业实现技术创新企业数达到20.9万家，占全部工业企业比重为47.4%，比2016年提高15.7个百分点，整体创新活跃度已接近欧盟平均水平。高新技术企业数从2012年的4.9万家增加至2021年的33万家。

随着企业的创新活动日趋活跃、创新主体地位更加强化，纳入国家创新调查体系的企业数量增加、调查范围扩大，是题中应有之义。下一步，我们如果想更准确反映科技创新活动的规模、结构、质量和效率，还需要探索将更为多元的创新活动主体和新兴业态纳入统计监测范围。届时，纳入国家创新调查的企业规模将进一步扩大。

调查不准确，同样没有发言权。统计数据质量是调查统计工作的生命线。百万家企业纳入国家创新调查，有利于我们围绕创新链产业链融合发展、"卡脖子"核心技术突破、科技成果转移转化等重点难点问题加强数据统计和分析研判，为风险预警和前瞻布局提供决策支撑。但随着科技创新统计指标越来越多地与相关政绩考核、政策落实挂钩，个别地方违法干预统计数据的苗头开始显现，科技创新统计数据存在一定程度的风险隐患。

从管理层面，我们需要进一步完善数据质量管控机制，为纳入创新调查的企业提供便捷安全的纠错反馈机制，加大统计执法检查力度，严肃查处违纪违法行为；从数据层面，我们可以强化部门间统计数据共建共享，消除信息孤岛与数据壁垒，实现数据标准与格式的统一。

2022年底，我国企业数量已经历史性地跃上5000万户的大台阶，而纳入国家创新调查的逾 100 万家企业其实只占企业总数的约 2%。社会经济的高质量发展，需要更多企业投入创新，用创新引擎照亮新时代前进的脚步。

（刊发于 2023 年 2 月 26 日关注版）

下好科技创新先手棋

加快实现高水平科技自立自强,是推动高质量发展的必由之路。今年全国两会期间,习近平总书记在参加十四届全国人大一次会议江苏代表团审议时的重要讲话,引起各界热烈反响,科技创新再度成为热词。

当今世界,新一轮科技革命和产业变革突飞猛进,国际形势正经历深刻复杂的演变。在激烈的国际竞争中,我们要开辟发展新领域新赛道、塑造发展新动能新优势,从根本上说,还是要依靠科技创新——科技立则民族立,科技强则国家强。

科技创新在现代化建设全局中居于核心地位,我们能不能如期全面建成社会主义现代化强国,关键看科技自立自强。过去5年我国科技创新成果丰硕,一些关键核心技术攻关取得新突破,科技进步贡献率提高到60%以上。谋划未来,科技政策还需继续聚焦自立自强,不断增强创新支撑发展的能力。

凡事预则立,不预则废。主动识变应变、谋划未来,其实就是要下好科技创新先手棋。

下好科创先手棋,要练好基本功。地基打得牢,科技大厦才能建得高。基础研究是整个科技体系的源头和根基。近年来,我国科技事业取得长足进步,科技发展已经从跟跑逐渐进入并跑、领跑时代，但领跑的领域和顶尖的科学家还太少，基础研究还存在"重应用、轻基础，重集成、轻核心，重研究、轻转化"等明显短板。

支撑基础研究补短板，破解重大原创性成果缺乏、底层基础技术和基础工艺能力不足等难题，一方面要继续加大基础研发经费投入的强度和水平，另一方面要继续深化科技体制改革、完善相关评价机制和管理机制。比如，针对基础研究的考评机制，不能只强调短期结果，而要作长远规划和目标设计，确保基础性、公益性、战略性和前沿性科学研究稳定开展，鼓励目标导向之下的自由探索；国家重大科技攻关任务，可通过定向委托、"揭榜挂帅"等方式支持，实行周期性和里程碑式管理。

下好科创先手棋，要打好组合拳。没有创新生态，就没有创新驱动。落实创新的核心地位，必须加速构建创新生态体系。培育多元、开放、融合、共生的创新生态，需要多措并举、推动产学研深度合作，多方聚力、强化重大科技创新平台建设，共同打好优化创新生态的组合拳。

当前，我国多个省市都成立了新型研发机构，组建了创新联合体，由领军企业牵头，联合科研机构、高校以及产业链上下游企业、金融机构等共同参与，进行创新链、资本链和产业链融合的尝试。这是值得肯定的宝贵探索，但也要注意建设持久的动力机制，避免"一阵风"式的无序竞争。比如，可以建立跨部门协调机制，统筹创新要素在全国范围内流动，避免盲目竞争、扩张、转向；可以围绕国家重大需求，在核心技术攻关方面进行制度创新的先行先试，梳理科技企业、科研院所和高等院校各创新主体的功能定位与利益分配，促进创新联合体中各成员机构的深度协作。

科创之声

　　高质量发展是全面建设社会主义现代化国家的首要任务，我们将下好科技创新先手棋，让科技创新成为引领高质量发展的第一动力。

（刊发于 2023 年 3 月 19 日关注版）

理性看待"室温超导"风波

近日，美国罗切斯特大学朗加·迪亚斯团队宣称造出可在1万个大气压、21℃室温下工作的超导材料，一种镥氮氢三元化合物。这个消息迅速引爆学界和产业界关注，也一度带来超导相关概念股大涨。有人激动地宣称这是革命性的突破，也有人质疑其真实性，认为这是世纪大骗局。

"室温超导"到底是科学突破还是吹牛闹剧？从目前已公开的信息看，该突破在业界同行中受到的质疑远多于肯定，闹剧的可能性比较大。

这不是迪亚斯团队第一次宣布获得"室温超导"突破了，该团队是有"前科"的。2020年10月，该团队曾在《自然》杂志发表文章，称在260万个大气压下，成功创造出临界温度约为15℃的"室温超导"材料。此论文备受争议，实验结果一直未能被同行成功复现，后被《自然》杂志撤稿，编辑认为其数据处理中存在违规行为。

本次突破中，迪亚斯团队的数据更漂亮，可在约1万个大气压下、21℃室温中实现超导。但近期已有南京大学闻海虎团队等多个实验团队火速开展验证并公开发布结果，发现使用类似的镥氮氢材料，其数据与迪亚斯团队的论文相去甚远。

判断一项有争议的科学突破是否真实可信,可重复性验证是一个金标准。目前已公开的同行验证实验结果中,只有质疑的,没有支持的,足以让人对"室温超导"打上一个大大的问号。

当然,不能复制的实验并不能完全与作假画等号。实验无法重复,可能存在客观因素,比如实验的技术难度太高、试剂不稳定、实验材料不稳定、关键数据未公开等。但当不能重复的实验比例越来越高时,学术不端的主观因素就会凸显,科研成果的信任危机也随之不可避免。2016年,《自然》杂志曾公布一项涉及1576名研究人员的在线调查结果,发现超过70%的研究人员曾试图复制其他科学家的实验并以失败告终,超过一半的研究人员甚至无法重复自己的实验。

如何提高科学研究的可信度?

从资本市场层面,投资机构对科技前沿进展要态度审慎、科学评估,不能动辄讲故事、炒概念,肆意消耗公众对科技的信任感。现代科学研究往往需要重金投入,但大投入不一定带来大突破,也可能带来大忽悠。去年,美国创业者伊丽莎白·霍姆斯因欺诈罪被判刑,她创立的公司估值最高时曾达90亿美元,但其核心技术"滴血验癌"最终被证实是一个骗局。"室温超导"也是资本市场最喜欢的那类新技术,能产生颠覆性应用和巨额利润,这样丰厚的利益足以驱动行为不端者铤而走险。一次又一次"狼来了"的前车之鉴告诉我们,在被炒得天花乱坠的科学突破面前,请务必保持冷静、等待验证。

从学术共同体层面,要建立更加灵活的纠错机制。科学研究要在不断纠错中进步,采取正确的激励措施有利于快速纠正错误。研究机构和资助机构应鼓励研究人员进行可重复研究,并提供可重复研究相关的培训、指导和经费。对科研人员和科研成果的评价体系应纳入可重复性指标，而不能简单地以论文篇数、影响因子论高低。期刊出版机构应让论文的争议、更正、撤稿渠道更透明通畅，鼓励切磋印证的学术争鸣，也鼓励研究人员及时改正错误。

人无信不立，业无信不兴。"室温超导"风波彰显了当前的科研信任危机，解决这个危机，需要从源头上遏制学术不端行为，以求真务实之风，除弄虚作假之污。

（刊发于2023年3月26日关注版）

网购卫星空间广阔

近日,"首批国产商用卫星上架淘宝,折后价格200万元起"的消息登上热搜,引发关注。有网友脑洞大开地问:可以7天无理由退货不?也有网友开始算账:买一个卫星做直播,能通过打赏收回成本吗?

航天卫星通过电商平台面向大众销售,在世界范围内尚属首次。这批卫星由我国首家商用卫星工厂——九天微星唐山卫星工厂生产,除了供科研院所和学校用来做科研教学外,消费者还可以购买"太空自拍"等个性化服务。

网购卫星是个新鲜事物。过去,人们生活中已经有许多航天科技的应用。尿不湿、方便面蔬菜包、脱水果干、运动鞋和卫星电视、卫星导航……这些人们经常使用的商品或服务,就是液气分离、食品脱水、卫星通信等高端航天科技成果应用到生活中的产品。而整颗卫星的网购,显然具有更特别的意义,预示着曾经高不可攀的天上星辰未来或将步入寻常百姓家。

当然,200万元起步的高昂价格让卫星有别于一般的淘宝商品,企业选择在淘宝上架卫星,恐怕不只是为了销售,也不只是简单的噱头。从更深层次的角度来看,网购卫星或许将进一步激发全体国民的航天热情,进一步拓展民营资本"步入太空"的广阔空间,从而为航天事业的发展注入更多活力与动力。

近年来我国航天事业高速发展，成就斐然，离不开大众的关注、支持和热爱。空间技术的竞争，归根结底是空间科技人才的竞争。航天事业树立了一种远大目标，远大目标才能产生重大成就，才能激发年轻人的热情和全社会的创新，促进经济、就业的长期增长。要培养从事航天活动的科学家、企业家、工程师、社会学者、医生，必须在他们还是中小学生的时候，就把他们的兴趣吸引到星辰大海中来。这已经有很多先例。比如，2013年太空课堂上被王亚平圈粉的17岁高中生王楠，高考时填报了航天相关专业，如今已成为中国航天科工二院的一名设计师。此次网购卫星，或许也能产生同样的效果。

太空探索需要发挥"国家项目"定海神针的作用，同时，要想为太空探索注入更多活力，民营资本的进入也是题中应有之义。在这方面，我们已经有了不少成功的探索，但应该说还有很大空间。未来的宇宙开拓者中，必定少不了民营资本，它们会进入商业卫星、商业火箭、太空站、载人航天等航天领域，进而在天疆创办太空企业，充分利用广袤宇宙里富饶的新资源，开拓市场。今天的网购卫星，或许是未来太空商业星辰大海的啼声初试。

当前，对网购卫星的模式探讨、商业前景、未来趋势等的讨论，正在成为热点。如果，这是卫星上线"热卖"的预期目标之一，那么这无疑是一次成功的商业宣介。网购卫星有了好开头，发展空间广阔。

（刊发于2023年4月2日关注版）

科学治沙才能长远获益

近日，宁夏"跪地求水"事件引发舆论关注。有人质疑，说在干旱地区种植杨树、国槐、丝棉木等需水量大的乔木，反而会危害当地生态系统。有人支持，说植树治沙时考虑经济收益无可厚非。

治沙时考虑经济收益，的确无可厚非，这还是一种可持续发展的理念——只有形成正收益的良性循环，"功在当代、利在千秋"的各种生态环保工程，才能持续而健康地运行下去。从中国的环保实践来看，科学治沙才能长远获益。

科学治沙，首先要算好长远的生态账。在年降水量 400 毫米以下的干旱、半干旱地区，高大的乔木难以成林。宁夏年平均降水量不足 300 毫米，事件所在的宁夏马家滩镇，常年干旱少雨，属于资源型缺水区，主要依赖黄河过境水和地下水。在这样的地方搞生态建设，水资源是最大的瓶颈，以大水漫灌方式大量种植高大阔叶乔木，显然存在水资源浪费之嫌，算长远生态账，是年年亏本而不可持续的。乔木不是不能种，它能降低风速，可用于建设农田防护林网，或围绕绿洲搭建大型林带。但我们在实践中有过教训，缺水地区大面积栽种速生杨弊大于利，会出现地表植被退化、土壤水分减少等不良后果。

党的十八大以来，我国高度重视生态文明建设，累计完成防沙治沙任务 2.82 亿亩，一半以上可治理沙化土地得到治理，实现了由

"沙进人退"到"绿进沙退"的历史性转变。在多年的治沙实践中，各地形成了许多卓有成效的科学经验，比如草方格固沙、种植耐盐碱耐旱的本地植物等。尊重自然、顺应自然、保护自然是防沙治沙工作必须遵循的基本原则。植被种类选择要因地制宜，治沙方式设计要因害设防，要适合当地气候环境，宜乔则乔、宜灌则灌、宜草则草、宜荒则荒，统筹考虑整体生态影响。

科学治沙，也要兼顾致富的经济账。一些人认为，种植耐盐碱耐旱植物，经济效益不佳，不如去种杨树、丝棉木等经济林木。这是片面而短视的认识。说短视，是因为干旱地区的水资源紧缺，大量种植需水量大的经济林木，只会导致浇灌成本越来越高，让经济林木变得不再"经济"。说片面，是因为看起来不起眼的低矮灌木或草类，不仅能防沙治沙改善生态，规划好了也照样可以源源不断产生可观的经济效益。

以宁夏来说，枸杞是著名的当地特产，同时也是一种耐干旱、耐贫瘠、耐盐碱的多年生灌木。在宁夏银川黄河东岸的荒漠化土地上，就有成功的"枸杞+光伏"农光互补电站的实践。光伏板可以发电，光伏板下种植的枸杞耐寒又耐旱，可以改善沙化土地、恢复生态。"农光互补"发展模式不仅让沙地大变样，还大大促进了乡村基础设施建设，带动当地农户就业增收。

荒漠化防治是关系人类永续发展的伟大事业。目前，中国已经率先在世界范围内实现了土地退化"零增长"，荒漠化土地和沙化土地面积"双缩减"，为全球实现2030年土地退化零增长目标作出了巨大贡献。我们要珍视多年积累的科学治沙宝贵经验，实现生态效益和经济效益的双丰收。

（刊发于2023年4月9日关注版）

有规范才有好未来

近日，国家互联网信息办公室就《生成式人工智能服务管理办法（征求意见稿）》公开征求意见，引起业界关注。生成式人工智能，即AIGC，是指基于算法、模型、规则生成文本、图片、声音、视频、代码等内容的技术。近来火爆出圈的ChatGPT等应用就属于AIGC范畴。对希望参与AIGC大潮的企业来说，征求意见稿透露了哪些玄机？

首先是明确了发展前景。AIGC争议颇多。人工智能生成的各种假新闻照片在网上流传，人们一边惊诧于AIGC技术的进步之快，一边担心这些过于逼真的假照片假视频会不会让人真假难辨。ChatGPT用户数据泄露事件也一再发生，部分国家已经对ChatGPT数据安全问题进行调查，甚至下达使用禁令。但AIGC技术具备广泛应用前景和发展潜力，禁用不是问题最好的解决方案，一禁了之更像是泼洗澡水的时候连孩子一起倒掉。

对AIGC这样快速发展的新技术新应用来说，各类风险显而易见，入局企业尤其担心重金投入后遭遇政策风险导致投资损失。首个AIGC管理办法公开征求意见，本身就是一个重大信号，说明我国非常重视此轮AI发展所引领的科技变革，期待促进AIGC技术的健康发展。

其次是明确了合规重点。目前中国市场上多家科技巨头企业正相继入局 AIGC，选择此时发出规范管理的信号，体现了政府提前研判介入监管、防患于未然的工作思路，有助于企业及早构建合规解决方案、布局必要的合规机制和工具，可以有效降低内容生成领域"先污染后治理"的社会风险。

征求意见稿的具体细则，体现了我国从权益保护、数据治理、内容治理等多个维度进行综合治理的初衷。细则强调了安全评估和算法备案的前提性和必要性，明确了数据安全和个人信息保护的责任承担方和相关处罚措施，也为新技术开发保留了必要的容错空间。比如出现不合规的生成内容时不会一棒子打死，平台除采取内容过滤等措施外，应在 3 个月内通过模型优化训练等方式防止问题再次发生。有了这些明确规范，产品开发方就可以探索在规范的框架下设计更加安全和可解释的 AIGC，从技术层面降低潜在违规风险。

此外，征求意见稿中也明确了相关法律权益。比如，AIGC 令人惊叹的内容生成能力是被海量人类作品"喂养"出来的，过去这些训练数据很多都未经原创者授权，侵犯了他们的知识产权。征求意见稿要求提供者对 AIGC 产品的预训练数据、优化训练数据来源的合法性负责，明确了版权方内容资源在 AIGC 产品训练中的法律权益，显然是对版权方的重大利好，IP 及内容、数据产业将获得分享 AIGC 红利的机遇。

当然，与新技术开发几乎同步的监管规范，必将随着技术发展和时代变迁而更新调整。此次 AIGC 管理办法的征求意见稿是开局的第一步，它将促进 AIGC 产业健康可持续发展。无规矩不成方圆，AIGC 有规范才有美好未来。

（刊发于 2023 年 4 月 16 日关注版）

"超级大脑"进万家要过三关

近日，国家超算互联网联合体成立，首批 15 家区域、高校超算中心意向入网。这个消息意味着，未来算力将如同电力那样走进千家万户。

超算互联网是打造国家算力底座的基建工程。就像电力赋能工业经济，算力在数字经济中扮演着关键角色。电子支付、地图导航、天气预报……这些人们熟悉的应用场景背后都需要算力支撑。据测算，算力每投入 1 元，就将带动 3 元至 4 元的 GDP 增长。我国算力规模位居全球第二，近 5 年来算力核心产业规模平均每年增长 30%以上。从消费互联网的普及到产业互联网的崛起，再到最近生成式人工智能的爆发，全社会对算力的需求一路狂飙。算力需要持续进化，才能支持和促进生产力的跃迁。

而超级计算机就是可以提供最强算力的"超级大脑"。目前，全世界最快的超级计算机，运算速度已超过每秒百亿亿次，相当于 10 亿台运算速度每秒 10 亿次的笔记本电脑同时参与计算。可以说，超级计算机已成为体现国家创新能力的国之利器，把这些"超级大脑"联合起来，组成超算互联网"超级战队"，无疑将增强我国在超算领域的核心竞争力。

"超级大脑"进万家要过三关

"超级大脑"进万家,要过几道关?

先是均衡关。我国算力设施分布不均衡,超算中心大多数位于东部地区,这里贴近用户侧、算力需求也大。但超算中心是耗能大户,东部地区人口密集、工业发达,本身就能源紧张,而西部地区能源资源丰富,具备承接东部算力需求的潜力。把东部密集的算力需求有序引导到西部,推进"东数西算",一方面需要在西部建设更多超算中心、数据中心等基础设施;另一方面也要突破现有单体超算中心运营模式,建设高效连接的高速网络,加快推进超算算力并网互通。这样既能缓解东部能源紧张,也能为西部开辟发展新路,还能实现超算算力的跨区域资源整合。

还要过标准关。标准不完善是制约我国数字经济迈向更高水平的瓶颈之一,需要通过制定算力资源接入、共享、交易、监管等标准,真正把超算互联网建成全国一体化的公益性资源平台。要坚持标准的公平性和统一性,以保证将各级超算中心、云计算企业、科研机构等不同来源的算力、数据、软件、应用等统一为超算资源并整合到一起,让各区域、各产业都能通过超算互联网获得稳定可靠的算力。同时,也应注意标准的兼容性和开放性,为超算互联网的未来发展与演进留足空间。

应用关也是一大挑战。我国超级计算机已进入世界第一方阵,但超算应用主要限于天气预报、大型工程设计和基础科学研究等传统领域,存在算力资源闲置现象。应用软件不够丰富,应用成本较高,让我国的超算应用依然"阳春白雪",尤其工业企业等应用与国外比还存在相当差距。补齐超算应用的短板,需要鼓励超算应用软件的自主研发和推广,降低超算应用门槛,通过市场化的运营和服务体系紧密连接供需双方,打造成熟的自主可控产业生态。

科创之声

  国家超算互联网建成后,任何地方、任何人、任何时间都可以获得大数据算力,社会各方可以像使用微信一样使用超算。期待"超级大脑"进万家早日实现,这是挑战,更是机遇。

(刊发于2023年4月23日关注版)

地名"上"火星标记中国贡献

近日,国家航天局和中国科学院联合发布了我国首次火星探测火星全球影像图。有意思的是,西柏坡等22个中国地名也"登上"了火星。看到这个消息,网友们纷纷打趣:你的家乡上火星了吗?

命名权代表能力和荣誉。19世纪时,意大利天文学家通过天文望远镜观测火星,采用希腊神话中的名字命名了火星最高峰"奥林匹斯山"。1919年国际天文学联合会成立后,承担起行星地名的命名和仲裁工作,火星命名规则逐渐细化。

火星上的中国地名,标记了中国航天敢为人先的重要贡献。

"天问一号"任务是中国首个行星探测工程,一次任务就实现了对火星的环绕、着陆和巡视。这是世界首个一次性实现"绕""着""巡"三目标的火星探测任务,为人类更加深入了解火星和太阳系作出了重要贡献。科研团队通过火星高分影像,识别了火星乌托邦平原上"祝融号"火星车着陆点附近大量的地理实体。国际天文学联合会根据相关规则,将其中的22个地理实体以中国人口数小于10万的历史文化名村名镇加以命名。

可以说,这22个地名将中国标识永久刻印在了火星大地上,是中国火星探测的成就勋章。

火星上的中国地名,展示了中国航天叩问苍穹的雄心壮志。

22个火星地名中，有西柏坡、古田等革命圣地，有窑店、古绛等古迹遗址，也有周庄、漠河等旅游胜地。为火星上地理实体选择这些地名命名，展现了中国悠久的历史和传统文化，体现了中国奋发进取的现代精神。

中国航天事业恰恰兼具了古典浪漫和现代科技的精神传承。"北斗"指路、"嫦娥"探月、"夸父"逐日、"天问"探秘……在远赴星辰大海的旅途中，中国人的每一个脚印都以最浪漫的梦想标记着最踏实的奋斗。

火星上的中国地名，注解了中国航天为民服务的脚踏实地。

22个登上火星的中国地名，就在我们身边。当我们探讨火星上是否有你我的家乡时，看似遥远的航天科技，就此拥有了村头乡间的亲切感。其实，已经有越来越多的航空航天技术造福于民。手机上的智能地图有北斗导航的支撑；方便面里的蔬菜包，原本就是航天食品中的脱水菜技术；医疗中广泛采用的核磁共振和CT，源自航天数字影像处理技术；多种航天育种农作物更是已经走上了寻常百姓的餐桌。

现在，中国航天正在筹划载人登月，等月球的科研开发基地建成后，还将建设火星基地。这22个"登上"火星的中国地名是一个充满祝福寓意的开始，届时，火星上的西柏坡、窑店、周庄等地名或许将成为一个个新的村庄，我们期待那一天早日到来。

地球是人类的摇篮，但人类不可能永远被束缚在摇篮里。未来，"天问二号"将探测近地小行星，"天问三号"将从火星取样返回，"天问四号"将探测木星系。探索浩瀚宇宙，发展航天事业，建设航天强国，是我们不懈追求的航天梦。我们必将成功开启人类的星际大航海时代。

（刊发于2023年4月30日关注版）

科技小院力量大

近日,习近平总书记给中国农业大学科技小院同学们的回信,让科技小院再次进入大众视野。

科技小院是中国工程院院士、中国农业大学教授张福锁于2009年在河北省曲周县探索创立的一种新型研究生培养模式——由研究生驻扎农业生产一线,专家、教授提供技术支撑,研究解决农业农村发展中的实际问题,培养农业高层次人才,服务农业农村现代化建设。

现在,科技小院已向全国推开,仅中国农业大学一所高校,就在24个省份的91个县市区旗建立了139个科技小院。

科技小院为何成功?在于它足够接地气。接地气才有生命力,中国农村人口众多,平均受教育水平偏低,留不住人才的现象非常普遍。农业生产者专业知识不足、信息和资源缺乏、服务支撑不够,科技进步难以转化为农业生产力和经济收益。中国农业大学的师生们开始是在曲周实验站工作,新技术很难推广。后来,学生们搬进了村里居住,大门天天开着。农民有事就进来问:苗有啥病?该施啥肥?能解答的问题学生们就当场解答,解答不了的找资料找老师求助后再给出解决方案。这种新型科技服务模式一杆子插到农村基层,零距离、零门槛、零时差、零费用,迸发出强大的生命力。小院虽小力量却大,做好一个科技小院,就能带动一个产业,辐射一大片农村。

源浚者流长,根深者叶茂。接足地气,有助于搭好"天线"。我国是农业大国,党的十八大以来,农业科技蓬勃发展,有力支撑了粮食安全、脱贫攻坚和全面小康。但在农业科技领域,我国原始创新能力还不足,一批受制于人的"卡脖子"技术和短板技术还有待突破。科技小院这种模式,可以帮助农业科技工作者紧密联系实际,尽快验证推广最新科技成果,也可以从农业生产的一线需求出发,抓住更有意义的学术课题。十几年的探索让科技小院结出累累硕果——科技小院研究生培养模式获得国家教学成果奖二等奖,张福锁院士荣获全国脱贫攻坚奖创新奖,论文《科技小院让中国农民实现增产增效》在国际顶级刊物《自然》上发表,科技小院模式推广到老挝和非洲地区8个国家……有望成为乡村绿色高质量发展中国方案的科技小院,也将成为全世界的榜样。

乡村振兴的关键在人,接地气也让科技小院培养出乡村振兴所急需的人才。一方面,小院里的学生们服务"三农",把论文写在大地上,把成果送到百姓家,既丰富了理论知识,又能将研究成果应用于生产一线,科研能力、专业素质等得到全面提升,足以在乡村振兴的大舞台上建功立业。另一方面,科技小院在推广农业科技的同时,以土地做黑板,把作物当教材,改变了农民种植理念,提高了农民科学素质,培养了大量懂科技的新型农民。

当前,我国进入全面建设社会主义现代化国家的新发展阶段。调整农业和农村经济结构、增加农民收入,都对科学技术产生了新的更大需求。接地气的科技小院，解决了研究生培养与社会需求脱节、科研创新与生产需求脱节、科研人员与农民脱节等问题。未来，科技小院将做大文章，科技小院将有大作为。

（刊发于2023年5月7日关注版）

人工智能大模型要按暂停键吗

ChatGPT 引发的人工智能大模型竞赛，令很多人担心人工智能失控。3 月底国际上就有一批专家发出联名公开信呼吁：立即暂停训练比 GPT-4 更强大的人工智能系统。人工智能大模型要按暂停键吗？

从可行性来看，这个暂停键目前还没人能按下去。就在 5 月 10 日，谷歌宣布推出最新的大型语言模型 PaLM 2，称其在部分任务上已经超越 GPT-4。这很明显是无视了公开信的呼吁，公开对 GPT-4 等竞争对手发起挑战。

人工智能大模型已经成为当前国际投资热点，各方不断加码，竞赛不断提速。技术狂飙的背后，是科技企业和风险投资公司的盈利冲动，除非触发政府部门的强制干涉，依赖行业自律按下暂停键的目标不太可能实现。此外，目前大模型的权力集中在"大玩家"手中，现实中行业垄断的危害比未来可能出现的人工智能危害更迫在眉睫，与简单叫停大模型研究相比，规范人工智能"玩家"是更紧迫的需求。技术创新难以抑制，与其叫停研究，还不如尽快制定和完善人工智能治理相关法规，让创新研究在阳光下运行，在规则内运行。

从复杂性来看，大模型的健康发展本身就有赖于技术进步，需要以人工智能来监督、限制人工智能。

人工智能大模型"涌现"出写文章、做翻译、写代码、制图像等许多意想不到的能力，部分能力和人不相上下，生产速度则远超人类，已让许多人感受到冲击。它为什么能够达到目前的能力？目前大模型的"智能涌现"是个黑箱，没有人能理解、预测或可靠地控制这些大模型，甚至模型的创造者也不能。

对人工智能大模型开黑箱、对数据泄露上锁、对虚假内容做标记、对网络攻击等危险行为实施监测防范，一方面需要从科研伦理规范上增加透明度，让大模型研发、训练、生成、推理的链路变得更加透明；另一方面也需要使用好技术工具，用人工智能大模型来帮助人类理解和控制人工智能大模型。这话听起来绕口，实际已有成功案例。ChatGPT 的缔造者美国 OpenAI 公司近日发布一项成果，就是用 GPT-4 大模型来自动解释 GPT-2 大模型的行为，在人工智能可解释性研究领域获得重大突破。

眼见可为虚，耳听也不一定为实。人工智能大模型以其彪悍的信息造假能力，对社会信任带来重大冲击。从一些调查结果看，不少人赞同暂停超越 GPT-4 能力的大模型研究，先解决已知风险再按启动键。人工智能是国家战略技术，是未来引领经济发展的助推器。对中国人工智能产业而言，需要的不是暂停研究，而是吸取国外大模型发展的前车之鉴，让大模型研发在合规下运行。

科技治理为科技创新保驾护航，人工智能治理已成为重要的国际科技竞争力。大禹治水，"堵"不如"疏"。在研发人工智能大模型的同时，构建高效透明的科研伦理商谈审批机制，拆壁垒、缓痛点、疏堵点，才能建立起更有竞争力、更可持续发展的人工智能产业生态。

（刊发于 2023 年 5 月 14 日关注版）

北斗"上新"为万亿元级市场指路

近日，第 56 颗北斗导航卫星成功发射，这是继 2020 年完成北斗三号全球星座部署后，北斗卫星家族时隔千日再次"上新"。

从国家基建角度，"上新"意味着安全升级，北斗将提供更稳健的位置服务。

当前，北斗系统全面赋能国家基础设施，覆盖电力、自然资源、农业、通信、交通等各行各业。比如，国内 17 个省份超过 22000 处地灾隐患点安装了低价格、低能耗的北斗滑坡预警仪，提升了灾害预警能力；电力行业推广各类北斗应用终端超过 50 万台（套），为无人机自主巡检、变电站机器人巡检、杆塔监测等提供高精度位置服务……无数关系人民生命财产安全的基础设施，都需要更可靠、更精准、更稳定的位置服务，这些都将被不断进步的北斗系统所满足。

北斗卫星导航系统是国家重要的空间信息基础设施，是维护国家安全的根本命脉。卫星上 300 多类、数百万个器部件全部国产，性能优异。第 56 颗北斗卫星是跟"哥哥姐姐们"在同一阶段生产的备份星，具备无线电导航、无线电测定、精密单点定位、功率增强、站间时间同步和定位五大本领，肩负提升系统服务连续性和健壮性的重任。随着这颗卫星投入使用，北斗三号系统精密单点定位服务就像从"三车道"拓宽为"四车道",服务能力将变得更强。除了这颗备份星,我国后续还计划发射其他备份星,进一步提升和优化北斗系统的稳健性。此外,我国正积极发展多种导航定位授时技术,2035年前将建成以下一代北斗系统为核心,更加泛在、更加融合、更加智能的国家综合时空体系。

从产业发展角度,"上新"意味着应用升级,北斗应用将开启更大规模市场。

精准位置服务关系国计民生。在中国,高精度位置服务已经走进千家万户,成为像水、电一样的公共服务。百度地图、高德地图等多个国内导航地图供应商正式切换为北斗优先定位,北斗定位服务日均使用量已超过3600亿次。2022年国内具有卫星导航定位功能的智能手机出货量达到2.64亿部,其中2.6亿部手机支持北斗功能,占比达到98.5%。随着"+北斗"应用的不断普及,一些行业中已经形成了无人化、自动化的生产作业新模式。可以说,北斗卫星导航系统是我国迄今为止建设规模最大、覆盖范围最广、服务性能要求最高、与百姓生活关联最紧密的巨型复杂航天系统。

这样的超级系统必然会培育出超大规模市场。5月18日发布的《2023中国卫星导航与位置服务产业发展白皮书》显示,2022年我国卫星导航与位置服务产业总体产值达到5007亿元,同比增长6.76%。5000亿元级的市场虽然很大,但还未发挥出北斗真正的潜能。

国家"十四五"规划明确提出了大力推动北斗规模化应用、促进北斗产业高质量发展的要求,许多地方政府也相继出台了鼓励北斗产业发展的政策。未来,随着北斗卫星系统的进一步升级,北斗与5G、物联网、人工智能、大数据等技术融合创新,将推动北斗在智能网联汽车、智慧城市等领域的规模化应用，万亿元级市场也为时不远。

从导航定位到防灾减灾，从农林牧渔到交通运输，北斗系统不断融入千行百业、应用范围越来越广。

（刊发于 2023 年 5 月 21 日关注版）

防范"换脸"诈骗需多管齐下

近日,包头警方发布一起利用 AI(人工智能)实施电信诈骗的典型案例。骗子通过智能 AI 换脸和拟声技术,佯装好友视频通话,10 分钟内骗走受害人 430 万元。案件披露后引发网友担忧:AI 换脸还变声,这样的高科技诈骗我还能防得住吗?

其实,对于个人来说,目前尚不需要过度担忧。虽然诈骗手段时常更新,但从当前的电信网络诈骗案件特征看,转账汇款是必不可少的一环,因此"不听不信不汇款"可谓"以力破巧"的终极防骗大招。人工智能大发展的时代,文字、声音、图像、视频都可能是 AI 合成的,眼见耳闻都可能不真实。遇到转账汇款、资金往来的场景,一定要通过回拨对方手机号等多种额外通信方式反复核实确认。

但反诈防骗并不仅仅是公民个人的事。面对新技术带来的诈骗手段升级,我们还需要多管齐下,才能做到"魔高一尺道高一丈"。

要严格执法。AI 换脸、变声虽然是在近期生成式人工智能取得大突破后才火爆起来的,但其技术路线早已有之,有法可依,并不存在监管空白。比如,AI 换脸伪装亲朋,需要以亲朋的面部照片视频作为素材,这属于被法律保护的个人生物识别信息。我国民法典已将"生物识别信息"纳入个人信息范围进行保护。电信网络诈骗

科创之声

一般从个人信息泄露开始，为了预防和减少电信网络诈骗案发生，保护公民的合法权益，我们必须从源头上严厉打击贩卖公民个人信息的各种犯罪活动，做到釜底抽薪。同时，也要对提供 AI 换脸、变声等技术服务的 APP 软件严格监管，出现违法违规行为的要及时依法依规惩处。

要用好技术。新技术是把"双刃剑"，不法分子以之为恶，执法部门也可仗之除恶。当 AI 技术被滥用后，我们也要使用 AI 技术来对抗 AI 技术，寻求主动安全。比如，可以用 AI 技术分析网络用户的行为特征、活动频率、会话长短，揪出可疑的社交机器人，对网络诈骗上游进行清理；可以用 AI 技术在线监测报警，对网络有害信息采取风险标注、拦截提示、搜索屏蔽等措施，从源头阻断网络黑灰产触达用户；提供在线检测工具，帮助用户识别 AI 换脸、变声；等等。为"全民反诈"注入科技力量，科研机构和科技企业大有可为。

要勤做科普。电信网络诈骗团队经常升级诈骗模板，有人调侃说，"当代社会最热爱学习新技术的就是诈骗团伙"。面对这种情况，反诈宣传也要与时俱进、不断更新。一方面要继续总结过往成功经验，让反诈宣传持续进社区、进校园、进地铁、进手机，全面覆盖不留漏洞，构筑反诈防骗的全民防线；另一方面要克服懈怠心理，不断学习防诈新技术，总结诈骗新套路，撰写反诈新文案，给反诈防骗的全民防线升级加固。

AI 诈骗升级，AI 反诈也要升级。科技发展虽然会带来新的风险和隐患，但也会为社会治理带来更多自信与底气。多管齐下，"AI 换脸"诈骗不难防范。

（刊发于 2023 年 5 月 28 日关注版）

近视也能上太空说明了啥

近日，神舟十六号乘组三名航天员登上太空，戴眼镜的桂海潮备受大众关注。他是我国进入太空的航天员中，首个在标准照中戴眼镜的。眼睛近视的人也能上太空说明了啥？

首先，这说明我国载人航天进入常态化阶段，系统可靠度更高了。驾驶载人飞船是一个高风险高要求的工作，尤其在载人航天技术的研发探索阶段，航天员要具备正常驾驶飞船的能力，还要具备紧急状态下迅速做出正确判断的处置能力。中国航天员一直给公众留下视力很好的印象，是因为过往的航天员都是从视力很好的飞行员中选拔而来，比如，第一批、第二批航天员是从空军飞行员中选出来的。

神舟十六号执行的是我国空间站正式建成以后、在应用与发展阶段的首次载人飞行任务。现在，中国空间站将常态化实施乘组轮换和货运补给任务，乘组的在轨工作安排也趋于常态化。常态化意味着载人航天系统的可靠度更高，乘组不必全员具备航天驾驶员技能，也不用全部从空军飞行员里选拔了。我国已训练的第三批航天员和正在选拔的第四批航天员，其来源既有空军飞行员，也有不同学科的科研人员。桂海潮、朱杨柱均属于第三批航天员，同批次的航天员里，戴眼镜的还有几人。

其次，这说明我国载人航天进入专业化阶段，人员分工更明确了。

科创之声

随着空间站进入常态化运营成熟期，航天员乘组的分工也会更加专业化。神舟十六号乘组是我国首个由航天驾驶员、航天飞行工程师、载荷专家3种类别航天员构成的乘组。航天驾驶员景海鹏是多次执行太空任务的熟手；航天飞行工程师朱杨柱和载荷专家桂海潮都是初上太空的新手，也是各自岗位的首个中国航天员。航天驾驶员负责操纵、控制航天器，航天飞行工程师负责航天器运行管理、设备维护和维修，载荷专家主要负责空间科学实验载荷的在轨操作。

中国空间站最重要的功能是做太空实验。过去，载人航天技术处于探索阶段时，风险很大，由身体素质极强的航天驾驶员包打天下，兼顾驾驶、维修和科学实验。现在载人航天技术完善了，从科研专家中选拔出来的载荷专家科研素养和专业化程度更高，将会更好地为空间实验室服务。未来，还将有更多不同学科的专业研究人员进入中国空间站。

许多人曾因近视放弃了飞上太空的梦想。如今，桂海潮让不少人重燃飞天梦：眼睛近视的人能上太空，那我是不是也可以？

太空生活并不简单，即便对身体素质要求略低，桂海潮这样的载荷专家也比普通人强很多。例如，他不能是高度近视，在飞船发射与返回阶段因存在震动和过载不能佩戴眼镜，还曾在地球上通过了高达8倍重力加速度的过载训练。

看似寻常最奇崛，成如容易却艰辛。普通人上太空是我们的长远目标，眼睛近视的人上太空是实现该目标的一小步。当老人、孩子、孕妇都可以进行航天旅游甚至跨星球移民的时候，人类必将迎接更加宏大开阔的太空梦。

（刊发于2023年6月4日关注版）

国产大邮轮开启产业新航程

近日，首艘国产大型邮轮"爱达·魔都号"从上海出坞，让大家深感振奋。航空母舰、大型液化天然气运输船、大型邮轮被称为造船业皇冠上的"三颗明珠"，代表全球船舶工业的最高水平。现在，首艘国产大型邮轮出坞，意味着该船的核心制造流程已经结束，后续将进行码头系泊试验、出海试航，预计今年年底完成交付。届时，中国船舶集团将成为全球唯一集齐"三颗明珠"的船企。

造大邮轮有多难？

难在邮轮之"大"。大型邮轮要经受风浪考验，要在一船空间内集成饮食起居、水电供应、排污等繁杂功能，堪比打造一座"海上城市"。首艘国产大型邮轮总吨位13.55万吨，长323.6米，拥有客房2125间，可载乘客5246人；整船零部件数量达到2500万个，相当于C919大飞机的5倍、"复兴号"高铁的13倍；全船总电缆布置长度达4200公里，相当于上海至拉萨的距离。这样庞大而又精密的系统工程，反映了一个国家的综合科技水平与制造实力。

由于大型邮轮的结构特殊性、系统多样性、工艺复杂性、建造艰巨性，以及供应链的全球协同性，全球大型邮轮几乎都在欧洲建造，订单主要被意大利芬坎蒂尼集团、德国迈尔船厂、法国大西洋船厂和芬兰马萨船厂四大船企垄断，连邮轮市场规模最大的美国也造不了大型邮轮。日本三菱重工曾在这个领域交纳巨额学费，多年尝试后以失败告终，宣布不再涉足10万吨以上的大型邮轮建造业务。

这么难，为啥要造？

中国是世界最大造船国，大邮轮是中国由全球造船大国向造船强国迈进的重要标志之一。迎难而上造大邮轮，既是立足长远满足中国造船业转型升级的需求，也是脚踏实地对中国制造实力和中国市场潜力的把握。

2006年至2019年是中国邮轮市场黄金发展期，年均增长率52%，中国一跃成为仅次于美国的世界第二大邮轮市场。上海作为中国邮轮产业中心跻身全球五大邮轮母港方阵，并稳居亚洲邮轮母港之首。

自2016年启动大型邮轮项目论证以来，我国通过引进消化和自主创新，用6年多的时间填补了大型邮轮建造的多项技术空白，相继攻克了重量控制、安全返港等一批关键核心技术，目前已形成上千项科研成果。

在大型邮轮建造中，我们一方面充分发挥中国造船大国和巨大市场的优势，另一方面也坚持开放合作、融入世界邮轮产业分工体系。这种开放、合作、共赢的发展新模式，让中国继德国、法国、意大利、芬兰之后，成为全球第5个有能力建造大型邮轮的国家。

国产大邮轮将开启怎样的未来？

邮轮产业被誉为"漂浮在黄金水道上的黄金产业"，产业链长、带动性强、影响力大、覆盖面广、国际化程度高，乘数效应达1∶14，属万亿元级产业。有相关行业分析报告预测：到2035年，邮轮对中国的总体经济贡献将达到总产出5317亿元，总就业人数46.2万人，总薪酬1236亿元。

不久，我们就可以乘坐国产大型邮轮旅行了。这艘巨轮，将成为中国构建本土邮轮生态体系、并向产业链高端突破的标志，也将成为促进中西文化交流的海上丝路新载体。

（刊发于2023年6月11日关注版）

科技巨头为何频频访华

6月14日夜，微软创始人比尔·盖茨到达北京，并发布微博。不少人感叹，又来一位科技大佬。苹果CEO库克、高通CEO安蒙、三星掌门人李在镕、特斯拉CEO马斯克……细数一下，今年以来，跨国科技巨头频频访华，名单还真长。

跨国科技巨头频频访华，展现了中国市场的强大吸引力。

当前，世界经济增长面临极大不确定性，新冠疫情、高通胀、乌克兰危机、金融领域动荡等不利因素，带来了持续不断的挑战。世界经济前景暗淡，中国经济成为难得的亮点。

从软环境看，中国坚定不移推进改革开放，又有超大规模的消费市场，为中外企业提供了广阔的发展空间。中国贸促会5月30日发布的《2023年第一季度中国外资营商环境调研报告》显示，97%的外资企业对去年四季度以来中国政府出台的外资政策评价为"满意"以上，超七成受访企业表示在华产业链布局将维持现状或将对在华产业链进一步本土化。

从硬实力看，中国有成熟、完整、高效的工业生产体系，制造业规模已连续13年居世界首位。中国有世界最大规模的科技人力资源，工程师数量约占全世界1/4，每年培养的工程师相当于美国、欧洲、日本和印度的总和。中国有强大的创新支撑发展能力，科技进步贡献率提高到60%以上，2022年中国PCT国际专利申请量继续排名首位，占全球申请总量的1/4以上。

无论是硬实力还是软环境，无论是消费市场还是产业配套，对跨国科技企业来说，中国都是无可取代、难以放弃的合作共赢之地。

跨国科技巨头频频访华，也体现了美国"脱钩断链"行为的不得人心。

美国自2018年起就推动对华"脱钩断链"，采取对中国商品加征关税、限制中国企业赴美投资、打压中国高科技企业等种种措施，企图抑制中国科技创新与产业升级。几年过去，美国"脱钩断链"并未达到预期效果，损人害己的同时，破坏了国际经贸秩序，损害了各国企业利益。

澳大利亚战略政策研究所（ASPI）今年3月发布的研究报告显示，在其目前追踪的44项技术中，中国的全球领先优势扩大到37项，涵盖国防、太空、机器人、能源、环境、生物技术、人工智能、先进材料和关键量子技术等领域。美国商会发布报告称，与中国脱钩将使美国投资者每年损失250亿美元资本收益，美国GDP因此损失最多高达5000亿美元。

今年是共建"一带一路"倡议提出10周年，面对逆全球化思潮抬头、地缘政治博弈加剧等不利因素，中国以实际行动向世界分享中国市场机遇，积极推动构建开放型世界经济。

中国发展离不开世界，世界发展也离不开中国，一个更加开放的中国将在世界经济中发挥更加重要的作用。科技巨头频频访华，显然不是个别人的一时冲动，而是众多跨国企业经过慎重观察和投资实践，不约而同对中国经济投下的信任票和支持票。期待彼此间的理解、尊重与合作，推动全球科技创新，推动世界经济发展。

（刊发于 2023 年 6 月 18 日关注版）

人工智能如何应对气候变化

夏至已至。去年夏天的热浪还让很多人记忆犹新，那是我国自1961年以来的最热夏季。如今，各地频繁出现的高温暴雨等极端天气让人们担心：今年夏天会比去年更热吗？

从数据上看，全球气温升高的趋势相当明显。尽管此前3年的拉尼娜现象对全球气温起到了暂时"刹车"作用，但过去8年仍是有记录以来最热的8年。其中，2016年是有记录以来全球最热的一年。目前有多家机构预测，2023年或2024年极有可能超过2016年，创造新的全球最暖纪录。

面对气候变暖，人类应该如何应对？一些科学家寄望于目前火热的人工智能。

要应对气候变化，首先要"辨症"，要有对天气的准确分析和预测研判的能力。但这并非易事，而人工智能恰恰可以在气象预测领域大展身手。

今年4月，中国发布的人工智能大模型"风乌"，首次实现在高分辨率上对核心大气变量进行超过10天的有效预报。从预报精度看，相比于传统的物理模型，"风乌"的10天预报误差降低19.4%；从预报时效看，全球范围内最好的物理模型HRES有效预报时长最大为8.5天，而"风乌"达到了10.75天；从资源效率看，现有物理模型往往需要在超级计算机上运行,而"风乌"大模型仅用GPU便可运行,30秒即可生成未来10天全球高精度预报结果。

从"风乌"的实践可以看出,人工智能应用于气象领域,从大数据中挖掘规律,可与传统的数理方程形成互补,为生产生活提供更准确、更实用的天气预报。气候变暖将让极端天气更频繁,人工智能可用于改善气象灾害警报系统,实现提前和精准预警,在防灾减灾中发挥更大作用。

应对气候变化,从长远来看,还需要"去根",即针对气候变化原因采取各种减缓措施。不少科学家认为,气候变暖与碳排放带来的温室效应密切相关,只要人类社会的化石燃料消耗不减少,气候变暖的趋势就不会停止。

加强人工智能应用,可以实现更精准、稳定、有效的减排。人工智能作为能源转型的重要辅助工具,越来越多地被整合到工业系统和家居生活的能源管理中,提高能源利用效率、减少峰值需求,最大限度地利用可再生能源。此外,在核聚变、新能源材料、碳捕集存储利用等领域,人工智能也可以通过发挥数据分析、建模和预测等方面的优势,为这些绿色技术的研发加速。

波士顿咨询集团(BCG)曾在其研究报告中预测,如果要实现《巴黎协定》中提出的将全球平均气温上升限制在1.5℃的目标,各国必须在2030年前减少50%的碳排放。使用人工智能可以帮助减少26亿吨至53亿吨的二氧化碳排放,占减排总量的5%~10%。

如果把人工智能看作一剂药方,那么它也有局限和副作用。例如,人工智能大模型本身就是耗能大户,会增加碳排放。当它与人脑同时工作时,人脑的能耗仅为机器的0.002%。

人工智能是引领未来的新兴战略技术之一,气候变化是当今世界面临的最紧迫挑战之一。人工智能革命和绿色能源革命齐头并进，已成为大国竞争必须抢占的科技制高点。我们既期盼更绿色环保的人工智能，也期盼更智能可控的绿色能源，就像期盼盛夏不再酷热难耐。

（刊发于 2023 年 6 月 25 日关注版）

大国重器创造中国奇迹

近日,中国天眼的新发现又一次引发关注——中国脉冲星测时阵列(CPTA)研究团队利用中国天眼 FAST,探测到纳赫兹引力波存在的关键性证据。这个重大突破让我们感受到大国重器不负众望,也充分展现了中国巨大的科技创新潜力。

科技创新潜力巨大,体现在后发先至的赶超上。

引力波探测相关突破曾于 1993 年、2017 年两度获得诺贝尔物理学奖,其重要性可见一斑。纳赫兹引力波是引力波的一种,其探测有助于天文学家理解宇宙结构的起源,但探测难度大、门槛高,是国际物理和天文领域的竞赛焦点之一。目前已知的唯一探测手段,就是利用大型射电望远镜对一批自转极其规律的毫秒脉冲星进行长期测时观测。美国、欧洲、澳大利亚的三个国际研究团队利用各自的大型射电望远镜,已分别开展了长达 20 年的纳赫兹引力波搜寻。

在纳赫兹引力波探测领域,中国是后来者,观测时间跨度远远短于美、欧、澳三个国际团队。此次突破,仅仅采用了中国天眼测量 57 颗毫秒脉冲星的 3 年 5 个月的数据。CPTA 团队充分利用中国天眼灵敏度高、可监测脉冲星数目多、测量精度更高的优势,以数据精度、脉冲星数量和数据处理算法上的优势弥补了时间上的差距,使我国纳赫兹引力波探测灵敏度达到了与美、欧、澳相当的水平。

20 年的差距用短短数年追平,从"跟跑"变成"并跑"。这惊人的追赶速度,也预示随着时间推移,我们很快就将站到"领跑"位上。

科技创新潜力巨大,根植于自立自强的底气。

工欲善其事,必先利其器。中国天眼能让中国科研团队如虎添翼,就因为它是具有我国自主知识产权的强大观天利器。FAST 是 500 米口径球面射电望远镜,是世界最大单口径、最灵敏的射电望远镜。其综合性能比美国"阿雷西博"望远镜提高约 10 倍,可接收到 137 亿光年以外的电磁信号。如今,中国天眼已发现脉冲星超过 780 颗,是全球发现脉冲星最多的天文观测大科学装置;此外,还发现了首例持续活跃重复快速射电暴、迄今轨道周期最短脉冲星双星系统……

中国天眼于 1994 年提出构想,2011 年 3 月动工兴建,2016 年 9 月建成,2020 年 1 月通过国家验收、投入正式运行。漫长的筹备期,凝聚了中国老一辈科技工作者的高远志向、独到眼光和无私奉献;高效的建造期,创造了多项世界之最,取得了 59 项发明专利,凸显了我国的自主创新能力,也是中国制造的标志性成就;丰收的运行期,展现了大国重器在基础研究领域推动科技竞争格局重塑的关键作用。

当前,世界之变、时代之变、历史之变在科技领域突出显现,科技竞争与国家安全融合度不断加深。不光是中国天眼,中国散裂中子源、东方超环、上海光源等重大科技基础设施,均已成为加快实现高水平科技自立自强的大国重器。虽然大国重器投资大,建设时间长,难以在短期内获得直接经济收益,但却是勇攀科技高峰、建设科技强国所必备的。期待更多大国重器,创造更多中国奇迹。

(刊发于 2023 年 7 月 2 日关注版)

日本强排核污染水贻害无穷

近日，日本加速推进福岛核污染水排海，国际原子能机构（IAEA）仓促发布相关评估报告认为排海符合国际安全标准，引发各界关注和抗议。IAEA 报告为何不能成为日本强排核污染水许可证？

从科学处置方案看，核污染水排海并非唯一选项，甚至可能是最坏选项。在陆地上继续建设大型贮罐、用灰浆凝固处理埋入地底、沿着地下管道排入地底深处、变成水蒸气排入大气等，都是现有技术条件下危害较低的可选方案。历史上发生的核事故，如切尔诺贝利和三哩岛核事故，采用的排污方式都是大气释放，向海洋排放核事故污染水在全球没有先例。但日方刻意限制 IAEA 技术工作组授权，使审查评估仅限于排海一种方案，排除了对其他处置方案的评估比较。这就使 IAEA 报告先天不足，不能证明排海方案的必要性。将核污染水往大海一倒了之，唯一好处是让日方更"省钱、快捷"，后果却是以邻为壑、危害全球。

从已公布数据看，日本核污染水净化装置可靠性存疑。IAEA 报告指出，日方采用的多核素处理系统（ALPS）不能去除核污染水中的所有放射性核素。据日方自己公布的数据，经 ALPS 处理的核污染水仍有 70% 以上未达到排放标准，需再次净化处理。今年 5 月份，福岛第一核电站港湾内捕获的海鱼许氏平鲉，其体内检测出放射性元素铯含量严重超标，是日本食品卫生法所规定标准值的180倍。排污入海工程一旦开启将持续30年左右，而日本一直对外宣称核污染水无害，甚至可以饮用。这让很多人不禁发出"灵魂拷问"：如果经过ALPS处理过的核污染水如此安全，日本为何不留着自己用？日本制造业和农业都是用水大户，完全可以消化这些"安全无害"的核污染水。

对环保工作来说，真实、可靠、全面的检测数据，是做出准确评估的科学依据。但近年来，东京电力公司多次隐瞒、篡改核污染水数据，前科累累。IAEA仅基于日方单方面提供的数据和信息开展审查评估，仅对日方单方面采集的少量核污染水样本开展实验室间比对分析，数据真实性、信息准确性可疑，取样独立性和代表性均严重不足。这种情况下得出来的结论，能有多少可信度和说服力？

人类只有一个地球，海洋是全世界的公共财产，不是日本的"下水道"。《联合国海洋法公约》规定了保护和保全海洋环境的义务，1972年《伦敦倾废公约》禁止通过海上人工构筑物向海洋倾倒放射性废物。日方为了本国私利不惜损害全人类共同利益，其推动核污染水排海贻害无穷，将打开全球生态环境加速恶化的"潘多拉魔盒"。

（刊发于2023年7月9日关注版）

朱雀二号迈出商业航天重要一步

近日，我国自主研发的朱雀二号成为全球首款成功发射入轨的液氧甲烷火箭，引起广泛关注。

今年上半年，美国相对论公司的人族1号火箭和马斯克SpaceX公司的星舰均曾尝试发射液氧甲烷火箭，但都以失败告终。从中国大地飞向太空的朱雀二号，在一众甲烷火箭"围追堵截"中拿下这个全球第一，可喜可贺。

朱雀二号的成功，是火箭燃料的革命性突破，将开启全球商业航天的新时代。

根据燃料不同，火箭可分为固体火箭和液体火箭。其中液体火箭是航天发射主流，目前常见路线有液氢液氧、液氧煤油、液氧甲烷三种。国内外不少航天公司都瞄准了液氧甲烷技术路线。除了进度最快、已进行发射实验的中美两国，欧空局、俄罗斯、印度等也在进行液氧甲烷发动机的研究工作。

液氢液氧、液氧煤油都是成熟技术，发射成功率很高，各国航天公司为何还要耗巨资研制高风险的液氧甲烷火箭呢？因为它可以大幅度降低星际旅行成本，能让未来的商业航天以"白菜价"普及。

一方面，甲烷性能够用，燃料的推进效率、能量密度等性能指标都很不错，可以满足航天需要。另一方面，甲烷极其便宜，每公斤才几元钱，远低于煤油和液氢。此外，甲烷广泛存在，火星、土卫六、冥王星等星球都含有大量甲烷，可成为人类飞向深空的"加油站"。

最重要的是，火箭重复利用代表着人类航天的未来发展方向。甲烷燃烧不易积碳、结焦少，比煤油发动机更适合火箭回收重复使用。马斯克旗下的SpaceX公司的"猎鹰九号"等可回收式火箭使用液氧煤油推进剂，发动机存在明显的结焦和积碳，为多次回收复用带来障碍，如果将推进剂换成液氧甲烷，阻碍就将迎刃而解。

液氧甲烷是目前可复用火箭最理想的动力，更经济、更适应未来星际旅行。朱雀二号的成功，代表这条技术路线是可行的，开辟了人类商业航天的新时代。

研制朱雀二号的蓝箭航天是一家民营航天公司。本次发射成功，代表了中国现代化商业航天产业体系的成功。这种新的产业体系，让航天国家队和民商队并行发展，既能集中力量办大事、攻关尖端技术，又能提供灵活多样的商业服务，满足市场需求。

航天一直是高投入、高风险的事业，成功并非一帆风顺。2018年，蓝箭航天公司的朱雀一号固体运载火箭挑战国内首次民营运载火箭的入轨发射，以失败告终；2022年底，另起炉灶的朱雀二号液氧甲烷火箭，首次发射也未能成功。但蓝箭航天并未被失败击倒，而是自建了研发中心、工厂、试车台等各项基础设施，实现了朱雀二号火箭包括发动机在内的核心部件完全自研自产。可以说，围绕液氧甲烷发动机和全箭的产品形态，蓝箭航天已构建起自身的交付能力。此次发射成功，让蓝箭航天有望从2024年起，面向市场批量化交付液氧甲烷火箭。

科创之声

随着朱雀二号的成功,液氧甲烷推进剂站上当今商业航天的"C位",中国民企也抓住了世界商业航天竞争的主动权。未来,人类大规模探索星辰大海,需要大幅度降低航天成本,这离不开民营企业的努力和民间资本的投入,也是中国民企大有可为的新赛道。

(刊发于 2023 年 7 月 16 日关注版)

"跳楼机"能否带来"跳楼价"

近日,中国科学院空间应用工程与技术中心研制建设的4秒电磁弹射微重力实验装置启动试运行。这个大科学装置采用电磁弹射系统将实验舱垂直加速到预定速度后释放,实验舱在上抛和下落阶段为科学载荷提供微重力环境。因为这种"弹射升空再回落"的运动方式,它被形象地比作航天领域的"跳楼机",该装置在实验效率、实验载荷强度要求、运行成本等方面具有较大优势。这让不少科技工作者颇感振奋:航天"跳楼机"能否带来"跳楼价"?如何把原本费用昂贵的微重力实验降成"白菜价"?

让我们先看看微重力实验为什么"贵"。科学上的微重力,通俗说法就是失重。在太空环境下,有效重力只有地球的百万分之一。在这种极端环境下做实验,物理化学性质、生命过程等都会与地面常重力环境下有所区别,科学家们能排除重力干扰发现更本质的物质运动规律。除了高深的物理研究,微重力还有极高的商业价值。比如,在合金制备过程中,尚未凝固的液体在重力下引发浮力对流,可能形成杂晶等缺陷,影响材料的最终性能;若利用微重力环境,就可制备在地面条件下难以获取的新物质、新材料等。

微重力实验具备重大的学术意义和应用价值,是国际科技竞争的热点领域,不怕"贵"。此前,美、俄、欧、日借助国际空间站,已经进行了长时间、大规模的微重力领域研究，成果丰硕。如今，中国空间站上也在进行各种微重力科学实验。

虽然不怕"贵"，但降低成本才能实现效率提升和规模扩张，微重力实验也不例外。因此，除了在具备天然微重力环境的空间站、飞船、卫星等航天器上做微重力实验，人类也一直在探索如何更廉价地构建微重力环境。探空火箭、失重飞机、落塔等就属于传统的地基微重力设施。地基研究能够大幅缩短空间实验周期、降低空间实验成本、提升空间实验成功率，是天基研究的重要补充手段。

我国自主研制的4秒电磁弹射微重力实验装置是继德国之后的全球第二个电磁弹射微重力实验装置，也属于地基微重力设施。4秒微重力时间、十万分之一重力加速度的微重力水平、过载加速度不超过5个重力加速度、实验间隔不大于10分钟……从这些达到国际先进水平的优秀性能指标来看，它有效克服了探空火箭、失重飞机、落塔等传统地基微重力设施存在的实验成本高、准备时间长、过载较大等缺点。比如，从实验效率看，传统落塔平均每天仅可以做2次到3次实验，抛物线飞机每次可以飞行30架次以上，但实验准备周期却需要2个月至3个月；而4秒电磁弹射微重力实验装置可以达到每天近百次实验的频率，准备时间仅1天至2天。且该装置采用储能和电磁驱动技术，运行仅消耗电能，单次实验耗电仅1千瓦时左右，运行成本低，便于开展大规模科学实验。

从每次短短4秒的微重力时间看，它并不能取代航天器上的实验室，很多需要时间的微重力实验还必须在航天器上完成。但它的成功启动运行，确实大大降低了微重力实验成本，是未来微重力实验走向普及性"白菜价"的重要一步。

"跳楼机"能否带来"跳楼价"

据中国科学院空间应用中心透露的信息，20秒电磁弹射微重力实验装置目前正在规划建设中，建成后将达到微重力时间20秒、载荷500千克的国际领先水平。探索浩瀚宇宙，发展航天事业，需要我们踏实努力、稳步前进！

（刊发于2023年7月23日关注版）

集中供冷要算好两本账

今年夏季,全球平均气温已多次打破最高纪录。高温难耐,大众渴望清凉,集中供冷这个老技术概念重新焕发青春,近日多次登上社交平台热搜。

集中供冷的原理与我国北方冬季集中供暖相似,是在冷站调节水温后,以管道输送冷水到用户终端来制冷。早在2000年,我国就印发了《关于发展热电联产的规定》,鼓励各地区发展城市热水供应和集中供冷,扩大夏季制冷负荷,提高全年运行效率。一些城市从那时起就探索建设区域供冷系统。目前,深圳前海、广州大学城、北京中关村、济南中央商务区等地都有区域集中供冷。

集中供冷前景如何?能否进入寻常百姓家?这需要算好环保账和经济账。

算环保账,集中供冷前景十分广阔。

区域集中供冷采用高效制冷机组和专业团队管理,其能效大大高于分体空调和分散式中央空调,节能效果显著,减排效益巨大。一方面,集中建设的制冷设备装机容量要远低于用户自建制冷设备之和,且可以夜间利用富余电力制冰、白天用储存冰提供制冷服务,实现夏季用电的"移峰填谷"。另一方面,城市中的人口密集区域如果分散供冷,每家的空调都往外排热,会加剧热岛效应,夏季城市局部地区气温能比郊区高出6℃甚至更多；而集中供冷可以大幅度降低热排放，有效缓解困扰城市的热岛效应。

从减排紧迫性看，全球气候变暖趋势仍在持续，减少温室气体排放迫在眉睫。这将给各种环保节能技术带来新的发展契机。比如，广州城投大学城区域集中供冷系统每年可节约标准煤2.4万吨，减少二氧化碳排放量6万吨，减少二氧化硫排放量480吨，相当于2600亩森林的碳汇能力。未来，气候变化显然将给集中供冷的推广提供更强动力。

算经济账，集中供冷尚需降低成本。

按理说，集中供冷节能减排效益显著，那么它的经济性就毋庸置疑。但现实没这么简单，集中供冷项目想要盈利并不容易。作为一项复杂工程，集中供冷具备规模经济特征：用的人越多，客单价越便宜，用的人越少，客单价越贵。如果不能规模化推广，就有可能陷入难以为继的境地。比如，曾于2000年落地的山西省太原市集中供冷项目，涉及太原火车站等三个场所，总供冷面积4万多平方米，每年集中供冷时间为6月末至8月末。但因冷源电厂转型升级、供冷面积多年没有增加等原因，2014年就暂停了。

目前集中供冷主要用于大学城、商务区等人口密集的城市新建公共场所，如果想推广到城市的普通居民小区，价格就是绕不开的敏感因素。一方面改建成本高，集中供冷需要改变原有制冷系统、重新铺设管线，会对建筑物中原有装修造成损坏，已完成装修并安装了空调的用户，大多数不愿意支付改造成本。另一方面使用费不低，缺乏市场竞争力，在我国南方城市部分已推广集中供冷的小区里，住户每月供冷费达数百元，与空调电费相当甚至略高。

因此，要推广集中供冷，必须降低用户成本，可以从两方面着手：一是技术挖潜，比如研发更简便廉价的改造方案降低初装费，通过大数据与人工智能技术调控进一步降低能耗来降低运营费。二是政策扶持，在城市新区规划中纳入集中供冷，让集中供冷成为与集中供热、自来水、城市燃气、电力一样的现代城市基础设施，与其他基础设施同步建设，可以降低建设成本，在新城区投入使用后发挥规模经济效应。

集中供冷是环保工程，也是民生工程，要低碳，也要低价。需要算好两本账，因地制宜、稳妥推进。

（刊发于 2023 年 7 月 30 日关注版）

汛期科学避险至关重要

近日，受台风"杜苏芮"等不利因素共同影响，海河流域普降大到暴雨，局地特大暴雨，不少地方受灾。京津冀地区曾多次发出暴雨红色预警，关闭景区，提醒市民非必要不外出。有人暴雨初期在社交平台上发出北京关闭景区是否"小题大做"的质疑，还有人对启用蓄滞洪区不解。其实，汛期关闭景区、启用蓄滞洪区都是经过气象、水利部门专家研判后采取的科学避险举措，是为了最大限度保障人民群众的生命财产安全，绝非小题大做。

从本轮暴雨海河流域降水量来看，启用蓄滞洪区势在必行。从7月28日至8月1日11时，流域面平均降雨量达129毫米，降水总量超400亿立方米。400亿立方米有多大？中国库容量最大的水库是长江流域的三峡水库，总库容393亿立方米，其中防洪库容221.5亿立方米。这波降水已经超过了三峡水库的总库容。

海河流域年均降水量远不及长江流域，中华人民共和国成立后虽重视水利修建了大量大中小水库，但也没有能拦住如此极端的降水。本轮降雨为北京地区有仪器测量记录140年以来排位第一的降雨量。洪水来临后，水利部门精细调度水库拦洪削峰，减轻下游防洪压力，海河流域155座大中型水库已全部投入防洪。

水库和蓄滞洪区都是防洪体系重要组成部分。蓄滞洪区是河堤外临时贮存洪水的低洼地区及湖泊等，多为历史上江河洪水曾淹没过的场所。洪水过大时启用蓄滞洪区，分蓄洪水、削减洪峰，可以最大程度减少灾害损失，是全球防洪实践中能够降低洪水危害的科学有效方法。

《国家蓄滞洪区修订名录（2010）》显示，中国一共设置了98处国家蓄滞洪区，其中海河流域28处。此轮暴雨洪水，海河流域已陆续启用8处蓄滞洪区。截至8月3日，河北省共转移群众超过120万人，其中蓄滞洪区转移超过85万人。回看历史数据，1950年至2021年，98处国家蓄滞洪区中有66处蓄滞洪区共启用424次，累计蓄滞洪量1400多亿立方米。

从历史上的防汛抗洪经验看，降雨减弱不代表危险远离，暴雨之后，公众依然需要关注气象预警，及时疏散避险。

一方面，地质灾害具有滞后性，雨后山区道路沿线易发生落石，土体久泡后可能出现滑坡和地陷。尤其是累计雨量较大的北京西部、北部和河北西部等地，目前仍处于地质灾害危险期，未来两三周内，公众须尽量减少进入山区，远离地质灾害隐患点。

另一方面，水从山区流入平原，低洼地带洪水风险仍然很高。1963年8月海河流域也曾发生罕见的特大暴雨。暴雨结束后，下游河道水位直到雨停后2天才达到最高点、雨停7天至12天后水流才回归河道，平原洼地的积水直到9月才基本消退，下游的天津和洪水抗争了一个月。当前，超过400亿立方米的惊人雨量汇成洪水冲出山区流入平原后，势必造成严重威胁，必须启用蓄滞洪区。而启用蓄滞洪区需要事先做好区内人员转移工作，应撤尽撤、应撤必撤。

从长远发展考虑，我国防灾体系建设还需要进一步完善。以蓄滞洪区为例，可以考虑增加兼具蓄滞洪区功能的湿地公园建设，严禁在干涸河床上兴建房屋，同时对被启用的蓄滞洪区依法依规做好补偿工作，帮助蓄滞洪区居民灾后重建，退水后尽快恢复正常生活秩序。洪水无情人有情，防灾减灾需要科学施策，也需要齐心协力。

（刊发于2023年8月6日关注版）

成果转化率为零该怎么看

近日,一条"成果转化率为零"的消息引发关注。广西审计厅公布9所区管高校2020至2022年度财政补助高校专项资金管理使用情况,其中一所高校获1.31亿元科研经费、实施科研项目862个、实现成果转化0个。高校科研成果转化率低这个问题一直存在,但低到"0"却也少见。成果转化率为零,是否说明科研经费浪费?对此,我们要辩证来看。

一方面,成果转化率是衡量高校社会贡献的重要标准,转化率为零意味着高校科技成果转化能力亟待提高。

纵向比,我国高校科研成果转化能力在稳步提高。《中国科技成果转化年度报告2022(高等院校篇)》显示,2021年,1478家高等院校以转让许可、作价投资方式转化科技成果的合同金额为129.8亿元,同比增长13.6%。《2022年中国专利调查报告》显示,我国高校发明专利实施率为16.9%,其中产业化率仅为3.9%;不过,这两个数字都较上年有所提高,分别提高了3.1个百分点和0.9个百分点。

跟发达国家横向比,我国高校成果转化能力还有很大提升空间。由于科研体制和技术转移方式的差异,美国并未对科技成果转化率进行权威的周期性调查统计，但据相关研究推算，美国高校成果转化率目前约为50%。回顾历史，美国高校也经历过成果转化偏低的时期。20世纪70年代，美国发现政府所资助的研究中产生了2.8万个专利，仅有5%被授权到产业界获得收益。为此，美国于1980年通过了《拜杜法案》，此后还采取了许多其他鼓励措施，促进高校科研成果转化。

另一方面，成果转化率不是衡量高校科研工作的唯一标准，转化率为零意味着科研项目分类评价制度尚待完善。

财政补助的高校科研项目应该分为不同类型进行分类评价。比如，自由探索型项目、基础研究类项目，就不适合以成果转化率来评价。高校是基础研究的主力军，我们要尊重科学规律，对基础、前沿、颠覆性科研项目，主要评价其代表性成果的原创性和科学价值。要建立容错机制，鼓励科研人员大胆探索，不能"一刀切"地考核专利申请数和成果转化率，这会把并不适应市场的基础研究人员也推入市场化赛道。

基础研究是应用技术的源头，完善科研项目分类评价制度，不仅有助于科学家自由探索，也有助于提高成果转化率、创造更多社会财富。成果转化涉及技术、法律、市场、金融等多方面复杂要素，已成为一个组织精密、运作规范的行业，需要建立专门的技术转移机构、培养专业的技术经理人。让专业的人做专业的事，采用分类评价、分类培养等方法势在必行。

总之，提高中国高校的科研成果转化率，需要改革优化相关管理制度及专利制度、组建更多专业化技术转移示范机构、建设足够规范的技术交易大市场。让创新成为推动我国高质量发展的第一动力，就不能任凭高校科研成果仅仅停留在实验室中、写在论文纸上，而要通过技术转化创造巨大的经济价值和社会效益。这种效益不仅能推动经济与社会发展，还会反哺科技创新，带来更多科研投入，形成科技与经济互相促进的良性循环。

（刊发于2023年8月13日关注版）

科研经费怎么用更有效

近日,"广西一高校 1.31 亿科研经费成果转化率为 0"引发关注,其中一个细节值得注意:该高校在过往 3 个年度里获 1.31 亿元科研经费,实施科研项目 862 个。1.31 亿元经费平摊到 862 个项目上,一个项目才 15 万元。有人吐槽:这些费用做科研远远不够,还想实现成果转化?

其实,科研经费"撒胡椒面"问题早已存在,各级机构也在不断深化相关改革。那么,科研经费怎么用才能更有效?

要分类用。科研是个大概念,项目和项目之间差异很大,不能一概而论。有些项目应用性强、目标明确,适合目标导向、重点投入,集中资源攻关;有些项目需自由探索,不知道哪片云彩会下雨,资源集中的话"赌"的风险太高,适合广泛动员,几条可能性高的路线都先探一探。项目花钱多少,跟学科特色也有关系,有的学科花钱少,有的学科烧钱快。分散资助还是集中资助,要具体情况具体分析,设计好财政经费的分类投入、考核和评价机制。

要放权用。过去,我国科研经费管理机制过程冗长、环节繁多、细节琐碎。先要制订科研计划,再经由申报、审查到立项,随后经历多次经费拨付、报销和评审,最终结项和结清余款。科研人员和项目单位往往在财务程序合规、表格填报上耗费大量时间和精力,甚至出现舍本逐末、忽视科研产出成果的怪现象。为此，近些年，我国陆续出台了《关于改革完善中央财政科研经费管理的若干意见》《关于持续开展减轻科研人员负担 激发创新活力专项行动的通知》等一系列推动科研经费管理放权、推动科研人员减负的改革举措。一些政府和科研机构推行"揭榜挂帅""赛马"等新型科研项目实施方式，试行科研经费包干制，取得不少成效和经验。

要开源用。财政经费有限，研发经费的大头还得看社会资本。2021年我国企业研发经费占全社会研发经费比重已达76.9%。回看本文开头的案例，一个项目15万元经费当然不多，但这只是财政补助经费。如果项目选得好，企业有兴趣，能撬动社会资本跟投，那还会嫌弃项目经费少、出不了成果转化效益吗？用财政资金"小投入"撬动社会资本"大投资"，才能有效开源，提升政府资源配置效率，激活经济发展新动能。

要节流用。近些年来，我国科研经费投入不断走高，2022年我国全社会研发经费投入达3.09万亿元，已连续7年保持两位数增长。但钱多不意味着可以浪费，提高经费使用效率也需要设计好节流机制。以科研仪器为例，产品研发、创新实验都离不开高端仪器设备，而仪器设备购置费用昂贵。一方面，不少大企业、科研机构的科研仪器设备未充分利用；另一方面，许多中小企业、创新创业团队买不起高端仪器设备。前几年，国务院印发《关于国家重大科研基础设施和大型科研仪器向社会开放的意见》，就是部署通过深化改革和制度创新，加快推进科研设施与仪器向社会开放，进一步提高科技资源利用效率。从2022年中央级高校和科研院所等单位重大科研基础设施和大型科研仪器开放共享评价考核结果看，高校院所仪器开放率从2014年的不足50%提高到90%以上，截至 2022 年，过去 7 年共减少重复购置 4900 多台（套）、节约经费 139 亿元。

科研工作与时俱进，科研管理也同样需要与时俱进。无论是分类、放权，还是开源、节流，科研经费的管理和使用都需要长期探索，在实践中不断总结完善。

（刊发于 2023 年 8 月 20 日关注版）

核污染水不同于核废水

日本政府已于8月24日单方面强行启动福岛核事故污染水排海。面对国际社会的强烈质疑和反对，日方试图以文字游戏混淆是非，将其排放的水称作"处理后的核废水"，并声称这种水安全无害，甚至符合饮用水标准。但这种掩耳盗铃的文字游戏掩盖不了核污染水的真实危害。

"核污染水"与"核废水"存在本质不同，不可混淆。

日本政府与东京电力公司在官方文件中坚称所排污水为"处理后的核废水"，而绝大部分国家、国际组织都称其为"核污染水"。核废水是指核电站在正常运行中产生的废水，如核反应堆冷却水，它不会直接接触核反应堆芯内的核燃料及核反应物，经处理后就可以通过管道安全排出。核污染水，则是指发生核事故后，核反应堆的保护外壳破裂，冷却水直接接触反应堆中放射性物质，受到沾染而具有高度放射性。核污染水中含有钚、铯等数十种放射性物质，对人体和环境危害严重，致癌、致畸、致突变。其中一些具有漫长半衰期，如碘129的半衰期为1570万年，难以从水中分离的碳14的半衰期为5730年。福岛核电站于2011年发生重大事故，其所排污水是典型的"核污染水"，日方将之与正常运行的核电站的废水混为一谈，是做贼心虚的搅浑水行为。

核污染水不同于核废水

日本核污染水的处理装置问题不断，不可靠。

日方采用多核素处理系统ALPS处理核污水，并声称：处理水对人和环境的影响可以忽略不计。这样的声明并不能打消大众疑虑。ALPS于2013年3月仓促上马启动试运行，国际上并无运用先例，技术不成熟，安全性存疑。从过往运转情况看，ALPS一直问题不断：2016年发现，该装置有4处漏水；2018年被曝，"处理水"中锶等放射性物质超标；2021年又发现，ALPS用于吸附放射性物质的排气口滤网近半数损坏，而这些滤网两年前刚换过一遍……自从ALPS投入运行后，日方就把经过处理的核污染水称为"处理水"，而目前福岛第一核电站储水罐里的130多万立方米已经过ALPS处理的核污染水中，达到东电定义的"处理水"标准的仅占约三成，未达标的"处理过程水"占比约七成。

日本核污染水的处理数据存在"污染"，不可信。

处理日本福岛核泄漏事故、将核污染水排海的实施主体，是东京电力公司。该公司在福岛核事故发生前后屡有不良记录，"数据造假、隐瞒安全隐患"的案底累累。福岛核电站发生事故时，核电站堆芯备用冷却系统失灵，是早前发现过的隐患，那时核电站就作假骗过了安全检查部门；2011年3月福岛核事故发生后第3天，东电根据相关数据已能判定1号到3号机组发生堆芯熔毁，却一直以"堆芯损伤"粉饰太平，直到两个月后才承认堆芯熔毁；东电曾声称2011年6月之后没有新的核污染水排入海洋，2013年一系列泄漏事件曝光后，才承认有高浓度核污染水泄漏入海；2022年10月，东电被曝出用有问题的辐射检测仪误导参观者，来证明"ALPS处理水"的安全性。篡改数据、隐瞒风险是东电的一贯选择，它提供的"处理水很安全"的检测数据，你敢信吗？

科创之声

日本没有证明排海决定的正当合法性，没有证明核污染水净化装置的长期可靠性，没有证明核污染水数据的真实准确性，没有证明监测方案的完善有效性。海洋是全人类的共同财产，强行启动福岛核污染水向海洋排放，是将风险转嫁给全世界，侵犯各国人民健康权、发展权和环境权。这种将一己私利凌驾于全人类长远福祉之上的可耻行为，绝非文字游戏可以掩饰，必将长期受到国际社会谴责和追责。

（刊发于2023年8月27日关注版）

绿氢产业迎来新的里程碑

中国石化近日宣布，我国规模最大的光伏发电直接制绿氢项目——新疆库车绿氢示范项目全面建成投产。该项目利用新疆地区丰富的太阳能资源，光伏发电直接制绿氢，电解水制氢能力达到每年2万吨，全部就近供应中国石化塔河炼化公司，用于替代炼油加工中使用的天然气制氢，实现现代油品加工与绿氢耦合低碳发展。这标志着我国绿氢规模化工业应用实现零的突破，绿氢产业迎来新的里程碑。

我国为何要发展绿氢产业？这要从绿氢是什么说起。

按照氢制取过程中的碳排放强度，氢被分为灰氢、蓝氢和绿氢三大类。灰氢指从煤炭、石油等化石燃料以及工业副产品中制取的氢气，制取成本最低，但碳排放量高；蓝氢是灰氢的升级版，也用化石燃料制氢，但配合碳捕捉和封存技术，能减少大量碳排放，成本相应较高；绿氢则是利用风能、太阳能等可再生能源发电，再电解水生产氢气，成本最高，生产过程中基本不产生温室气体。

发展绿氢产业，中国有需要。

氢是一种真正的清洁能源，燃烧产物是水，不会产生任何污染物。氢也是重要的清洁低碳工业原料，应用场景丰富。在工业领域，氢气可以代替焦炭和天然气作为还原剂，消除炼铁、炼钢过程中的大部分碳排放；同时氢作为化工原料可用于合成氨、甲醇、炼化、煤制油气等生产过程，生成绿色甲醇和绿氨，减少相关生产过程中的碳排放。

近几年，市场上氢需求持续增加。预计2030年以后，为达成"碳中和、碳达峰"的目标，氢需求量将大增，绿氢也将在氢产品结构中大幅度提升占比。根据中国氢能联盟的预测，在2060年碳中和愿景下，我国氢气的年需求量将增至1.3亿吨左右。其中，绿氢将达约1亿吨规模。

发展绿氢产业，中国有潜力。

我国氢产业具备长期发展潜力。中国是全球最大的氢气生产国，根据中国煤炭工业协会数据，2022年我国氢气产量达4004万吨。从当前我国氢产品结构看，可再生能源电解水制氢的绿氢规模偏小，煤制氢和天然气制氢合计占比约八成。

但中国可再生能源装机量全球第一，截至今年6月，中国可再生能源装机达到13.2亿千瓦，历史性超过了煤电，约占中国总装机的48.8%。中国已拥有强劲的可再生能源发电能力，而绿氢要用可再生能源电解水制氢，这意味着我们在绿氢生产中具备巨大潜能。随着我国可再生能源发电成本的下降和绿氢制备技术的进步，绿氢的制备成本将不断下降，让绿氢及下游产品更具商业投资价值。

全球绿色低碳转型是大势所趋，在氢冶金、化工、重卡交通燃料、供热等绿电难以直接发挥作用又迫切需要低碳转型的领域，绿氢可以实现互补。工业应用将是绿氢最主要的应用场景之一，未来10年到15年将是绿氢产业从培育期走向商业化初期的关键阶段。有专家预测，氢产业是一个具备10万亿元规模潜力的产业集群。

目前，我国制氢、储氢、运氢及应用尚未形成高效完备的产业链。展望未来，当我们突破氢的制备、储运及应用各环节的难关后，绿氢必将成为稳定足量的低价氢源，推动中国高质量实现"双碳"目标。

（刊发于2023年9月3日关注版）

专利交叉许可好处多

近日,华为和小米宣布达成全球专利交叉许可协议,该协议覆盖了包括 5G 在内的通信技术。这条消息让很多人感到突然:两家公司今年前些时候不是还在专利互诉吗?这就牵手和好了?实际上,专利互诉是公司博弈的正常手段,大部分专利纠纷最终都会和解。

华为、小米握手言和,好处多多。

对华为而言,这份许可协议再次体现了行业对华为在通信标准领域所作贡献的认可。

华为是 4G、5G、WiFi 6 设备等领域标准必要专利最大的持有企业之一,PCT 国际专利申请量已连续五年位列全球第一。截至 2022 年底,华为在全球持有有效授权专利超 12 万件。搭建起这个巨大专利池的后盾,是华为的巨额研发投入。华为近 10 年累计投入研发费用达 9773 亿元。

有投入也要有产出,才能实现良性发展。收取合理的专利许可费,会带来正向反馈,进一步激励创新,推动创新成果应用。目前,华为已累计签署近 200 项双边许可协议,已有超过 350 家公司通过专利池获得华为专利许可。2022 年,华为专利许可收入为 5.6 亿美元。小米是中国消费电子行业中的佼佼者,市场占有率较高。

这份许可协议，将让华为进一步加强对未来移动通信技术的研究投入。

对小米而言，这份许可协议有助于小米以知识产权推进技术普惠，让科技惠及更广泛人群。

性能跟得上，没明显短板，卖得还便宜。2010年才成立的小米以定价亲民、善于推出爆款产品而著称。近年来，小米持续加码投入研发，进步很快。中国信息通信研究院发布的《全球5G标准必要专利及标准提案研究报告（2023年）》显示，我国已有5家企业进入5G标准必要专利的全球十强榜单，其中华为在全球排名第一位，而小米则以高速增长的势头跻身全球第十位。

知识产权是技术合作的重要引擎，可以推动技术进步，让大家都能从中受益。此次华为、小米达成协议，意味着双方同意在全球范围内交叉使用彼此的专利技术，且互不侵犯对方的知识产权。这样的合作有助于双方降低研发和生产成本，缩短产品开发周期，加快创新速度，更有效地保护自身知识产权并减少专利侵权纠纷。

"交叉许可"是全球知识产权合作及游戏规则的重要组成部分。这份许可协议将促进中国高科技企业建立更加健康的行业竞争生态。

智能手机涉及的技术和专利众多，每项功能背后都有相应的发明专利支撑。没有一家公司能够完全不依靠他人的技术，自己从头到尾独立制造出一部智能手机。华为和小米都是中国本土成长起来的优秀企业，其"专利攻防战"以达成全球专利交叉许可协议作结，是大家喜闻乐见的事。这一方面彰显了中国知识产权保护制度日渐成熟，为企业提供了多元化的解决机制；另一方面也意味着中国的

科创之声

高科技企业越来越娴熟地与国际同行规则接轨,有能力构建长期可持续的知识产权伙伴关系。

团结合作,才能互利共赢。期待更多企业尊重市场规则、良性竞争,为消费者提供更优质的产品和更丰富的选择。

(刊发于 2023 年 9 月 17 日关注版)

3万亿元彰显创新驱动发展决心

近日,有两则关于中国科研投入和产出的好消息令人振奋。一是据《2022年全国科技经费投入统计公报》,2022年全国研发经费投入总量首次超过3万亿元,达到30782.9亿元;二是《中国科技论文统计报告2023》显示,我国各学科最具影响力期刊论文数量首次居世界第一位。

从创新投入看,3万亿元无疑彰显了创新驱动发展的决心和信心。党的十八大以来,我国持续加大创新投入,研发经费高速增长,2012年突破1万亿元,2019年突破2万亿元,2022年突破3万亿元。从总量看,我国研发经费投入已稳居全球第二位,连续7年保持两位数增长。从强度看,我国研发经费投入强度(研发经费与GDP之比)为2.54%,已超过欧盟国家平均水平,在世界上居第13位。

当前,我国经济运行面临不少挑战:国际市场需求减弱,全球经济金融领域风险累积,地缘政治格局深刻调整,外部环境复杂严峻;国内需求不足,一些企业经营困难,部分领域存在风险隐患。在这样的情况下,一方面党中央多次强调政府要坚持过"紧日子";另一方面各级政府又在坚定不移加大创新投入和政策扶持,充分体现出瞄准高质量发展目标前行的战略定力。以科技创新开辟发展新领域新赛道、塑造发展新动能新优势，是大势所趋，也是高质量发展的迫切要求，必须依靠创新特别是科技创新实现动力变革和动能转换。

3万亿元还彰显了创新驱动发展的广度和深度。新一轮科技革命和产业变革正在重塑全球经济结构，谁走好了科技创新这步先手棋，谁就能占领先机、赢得优势。上下同欲者胜。要从激烈的国际竞争中突围，我们就必须团结和动员最广泛的力量。创新驱动，不仅是国家的强大意志，更是企业的自主选择。中国要想成为高质量发展的现代化强国，中国的企业就必须成为创新主体，要采取各项措施有效调动企业创新积极性。

我国研发活动的三大执行主体，分别是企业、政府属研究机构和高等学校。在2022年3万多亿元的研发经费中，这三大主体的经费所占比重分别为77.6%、12.4%和7.8%。企业占比高达77.6%，体现了企业的创新主体地位无可撼动。这个占比还较上年提高了0.65个百分点，说明企业创新主体地位仍然在不断增强，企业投入科技创新的积极性在不断增强。

钱花得多，效果如何？从我国科研产出的变化趋势上便可一见端倪。《中国科技论文统计报告2023》显示了我国新创造的又一个世界第一，即各学科最具影响力期刊论文数量。在此之前，我国已经拿到了热点论文数量世界第一；更早以前，我国拿到了科研论文总数世界第一。很明显，我国科研产出已经从量的增长走向质的提升，现在处于"量质齐升"的上升期。

实现高水平科技自立自强，迫切需要加强基础研究，从源头和底层解决关键技术问题。科技论文是基础研究的重要产出之一，我们要正确看待其在科技评价体系中的作用，引导科研人员发表高质量学术成果。科研产出"量质齐升",说明我国研发经费投入不仅有量的增长,其使用效率也有质的提升。

科技创新,就像撬动地球的杠杆,总能创造令人意想不到的奇迹。期待下一个3万亿元投入,创造更多科技奇迹。

(刊发于2023年9月24日关注版)

期待"星闪"闪耀世界

近日,华为举办秋季新品发布会,耳机、手写笔、平板电脑等多款支持星闪技术的终端产品亮相,星闪技术商用正式开启。

星闪是华为联合国内多家企业及研究机构共同研发的新一代无线短距通信技术。与目前被广为使用的蓝牙、WiFi 相比,星闪拥有更远的传输距离、更快的传输速度、更强的抗干扰能力,还在连接数和延迟等方面实现了质的飞跃。星闪支持最大 4096 台设备互联,远超过蓝牙的 8 台和 WiFi 的 256 台;星闪能做到 20 微秒延迟,相较 WiFi 和蓝牙最低延迟为 10 毫秒到 15 毫秒左右,让人类无线连接技术首次进入微秒级。可以说,在无线短距通信技术领域,星闪是遥遥领先的。

拥有强大性能基础和广阔市场前景的星闪技术,何时才能从开启商用走向大规模普及,真正闪耀世界?

新技术能否市场迭代,要看它能不能解决现存的市场痛点,实现不可替代的应用需求。

WiFi 和蓝牙两大标准均诞生于 20 世纪 90 年代,市场相对成熟,但也存在不少难以解决的痛点:两大标准互不兼容彼此割裂;历史负担重,版本多,修改更新难;非中国主导标准,曾被卡脖子;连接数少,延迟长,难以从底层响应物联网时代"万物互联"的要求。

而这些痛点，星闪都可以解决。星闪能够兼容蓝牙和WiFi生态，与现有设备互通，用户无须放弃现有设备即可拥有更多选择，实现平滑过渡。星闪是自主可控的技术，由中国主导，安全可靠。智能家居、智能汽车、智能制造的兴起，对无线短距通信技术的时延、可靠性、同步精度都提出了更高要求，WiFi和蓝牙难以满足这些需要，而星闪均可以满足。以智能汽车为例，车内有数以千计的信息通信连接点位，要求极高安全性、极低延迟、强大抗干扰能力，在WiFi和蓝牙难以满足这些要求的情况下，只能采取成本高、重量大、灵活性差的有线方式进行连接。而星闪技术的优点却让它极为适配智能汽车场景，有望彻底改变汽车内部的信息通信方式，挖掘出巨大规模的市场需求。

新技术能否市场迭代，还要看它能不能团结上下游，共建产业标准和开放生态。

星闪以产业联盟形式组织芯片、仪器、终端等环节的全系统创新，体现了新的创新机制。星闪联盟于2020年9月成立，2021年重点围绕标准化、芯片和样机、测试仪表、产业生态4方面开展工作，2023年就开始星闪商用。目前，星闪联盟会员单位已超过350家，从相关高校、研究所，到芯片的设计制造厂商，再到三大运营商、终端厂商与头部车企，实现了产业链上下游的完整覆盖。

市场上，各种通信设备互相连接，涉及不同公司的产品，生态极为复杂多样。一项新通信技术的推出，需要大量企业的加入和支持，才能流行普及，逐渐形成大家认可的产业标准。现在，星闪第一阶段研究成果已经嵌入手机、平板、手写笔、车载电子产品等多种终端产品中，表现令人惊艳。但要想让星闪真正成为构建未来智慧连接的关键技术，350家联盟成员还远远不够，还需更多终端企业支持。

（刊发于2023年10月1日关注版）

国际月球科研站彰显中国襟怀

在近日举办的第74届国际宇航大会（IAC）上，中国国家航天局发布了嫦娥八号任务国际合作机遇公告。嫦娥八号计划于2028年前后实施发射，将与嫦娥七号等共同组成月球科研站基本型。这份公告表明国际月球科研站这个由中国主导、多国共建的大科学工程正按计划稳步推进，展现了中国推动构建人类命运共同体的开放襟怀。

这是基于硬实力的开放。建设月球科研站，是中国探月事业跨入新阶段的标志。2004年，我国探月工程正式立项实施。2007年，嫦娥一号成功发射。近20年间，探月工程连战连胜，圆满完成"绕、落、回"三步走战略目标。与此同时，载人航天工程捷报频传，中国空间站顺利建成，我国空间技术能力实现重大跨越，并与多个国家建立起合作关系。根深才能叶茂，本固方可枝荣。这些过往经验的积累，为我们提出并主导国际月球科研站的建设奠定了坚实基础。

这是富有号召力的开放。月球是距离地球最近的天体，是人类通往更远深空的中转站，是研究生命、太阳系和宇宙"三大起源"的重要途径。古人望月，想象出嫦娥奔月的故事，描摹出清寂幽美的广寒宫。今人探月，则是要在月球修建真实的"月宫"，把它建成人类开展深空探测的前沿基地，具备能源供给、中枢控制，能天地运输，可长期生存。未来，航天器从这里起航，就能飞向更遥远的星空。像这样扩展人类生活和生存空间的大工程，理应聚集各国力量和全球科学家智慧，才能更完善、更富生命力。目前，国际月球科研站大科学工程得到了近20个国家和国际组织的积极响应和参与，显示了中国在太空探索领域的号召力。

这是充满责任感的开放。月球上有大量资源，月球资源的开发利用，必将促进科技创新和飞跃，推动新兴产业发展，创造庞大经济价值。涉及如此巨大的利益，不以规矩难成方圆。国际月球科研站将成为月球资源开发的前哨基地。如果一切顺利，它或许会是人类历史上首个地球外基地，而首创者往往肩负着建立新规则、探索新框架的重任。中国始终坚持在平等互利、和平利用的基础上开展空间探索合作，月球科研站项目面向所有感兴趣的国际伙伴开放，实现在太空领域的合作共赢。这是全人类的福祉，也是对霸权主义的摒弃。这个项目的开放建设模式，将成为太空资源开发的典范，有助于世界各国平等、可持续地自由探索和利用月球。

按规划，国际月球科研站将分为3个阶段实施，边建边用。2028年前后建成基本型，2040年前建成完善型，之后建设应用型月球科研站并逐步升级到实用型、多功能的月球基地。建设国际月球科研站，中国有主导的能力，有开放的襟怀，有长远的眼光，愿与世界各国一起，共同探索宇宙认知、推动科技进步。期待它早日建成，为世界发展提供新机遇。

（刊发于2023年10月8日关注版）

创新守底线还需制度有红线

近日，由科技部、教育部、工业和信息化部等10部门联合印发的《科技伦理审查办法（试行）》（以下简称《审查办法》）正式公布。这意味着科技伦理审查有了操作准则，中国科技创新将在更完善的审查机制下运行。

科技大发展，需要创新守底线。当前，全球科技创新进入空前密集活跃的时期，新一轮科技革命和产业变革正在重构全球创新版图、重塑全球经济结构。科学技术从来没有像今天这样深刻影响着国家前途命运，从来没有像今天这样深刻影响着人民生活福祉。近年来，人工智能、基因编辑、辅助生殖等技术迅猛发展，人们在享受科技带来便利的同时，也忧心科技带来的风险和挑战。"AI换脸"被犯罪团伙用于诈骗、"AI代写论文"破坏学术诚信，一系列科技不当应用带来的社会热点事件广受大众关注。如果不充分重视，科技创新就可能会因某些伦理事件遭遇社会的反弹和民众的抵制。

对于变革性技术的应用，不加规范任其"野蛮生长"，显然不是长久之道；横加封禁让其"裹足不前"，则属于因噎废食、自废武功。加强科技伦理治理，为科技创新划定必要的伦理边界和价值底线，才是促进科技创新可持续发展的战略选择。

创新守底线，需要制度划红线。近年来，我国加快构建中国特色科技伦理体系，健全多方参与、协同共治的科技伦理治理体制机制。已经组建了国家科技伦理委员会，审议通过了《关于加强科技伦理治理的指导意见》，明确了科技伦理治理的组织机制、价值准则。广东、浙江、上海、江苏、北京等科技和经济发达地区已纷纷出台省级科技伦理治理的具体实施方案，比如，上海率先在科创立法中推动构建科技伦理治理体系，建立科技伦理风险评估和伦理审查机制。

但也要看到，与发达国家相比，我国科技伦理治理工作总体起步较晚，还存在不规范、不统一等短板。比如，科技伦理监管体系较为零散，各地的科研机构伦理审查组织覆盖面窄、能力参差不齐、资质认证缺乏标准；科技伦理治理的跨领域、跨区域互动机制尚不完善，相关信息预警、数据共享和审查结果互认有待加强。

此次出台的《审查办法》，明确规范和统一了我国科技伦理的审查主体、审查程序、监督管理等，是补短板之举，重点解决了科技伦理审查职责不明确、程序不规范、机制不健全等问题。

当然，红线要划，发展和变化的空间也要留足。科技发展日新月异，总会出现新问题，审查机制也不能一劳永逸，更需与时俱进。此次《审查办法》在附件中列出了需要开展伦理审查复核的科技活动清单，并明确此清单将根据工作需要动态调整，就是一个姿态灵活、留足发展余地的亮点。

贯彻落实《审查办法》并不容易，需要各地各部门依规建立本系统、本地方科技伦理审查监督管理机制，需要各类创新主体切实履行科技伦理管理主体责任，更需要每一位科技人员提高科技伦理意识、自觉遵守科技伦理规范。

科技是发展的利器，也可能成为风险的源头。完善科技伦理监管，引导科技向善，才能让科技真正服务于我们的美好生活。

（刊发于 2023 年 10 月 15 日关注版）

科技创新支撑丝路共建

今年是共建"一带一路"倡议提出十周年。近日举办的第三届"一带一路"国际合作高峰论坛宣布了中国支持高质量共建"一带一路"的八项行动,"推动科技创新"位列其中。

回看过去,科技创新已为共建"一带一路"输入强劲动力。

10年来,科技创新推动"一带一路"成为合作共赢之路,共建项目取得丰硕成果、惠及亿万民众。在中国和埃及共建的国际联合节水灌溉实验室项目中,来自中国的先进节水灌溉系统,为埃及农业发展面临的高温干旱、水资源短缺问题提供了有效解决方案。中国和印尼合作建设的雅万高铁项目,不仅运用了大量来自中国的先进技术,还为印尼培养了数千名相关技术人员,形成了印尼未来铁路发展的重要人才支撑。实践证明了科技创新在"一带一路"建设中的引领和支撑作用,也吸引了越来越多合作伙伴加入"创新丝绸之路"。

截至去年底,中国启动的"一带一路"国际科技组织合作平台建设项目,累计吸引了200多个国际组织和千余个国别组织参与,涵盖全球150多个国家和地区,共实施152个项目,支持建立或筹建30个区域科技组织、36个国际科技组织联合研究中心、5个国别科技问题研究中心,培养了11.9万多名科技人才。中国主导发起的"一带一路"国际科学组织联盟,成员单位达到67家。中国还面向东盟、南亚、中亚、中东欧、非洲、上合组织、拉美等建设了8个跨国技术转移平台，并在联合国南南框架下建立了"技术转移南南合作中心"。

展望未来，共建"一带一路"将为科技创新带来更多机遇。

当今世界已进入百年未有之大变局。世界多极化加速演进，经济全球化逆势前行，地区冲突投下新的阴霾。我们要看到人类面临的严峻挑战，更要看到人类是相互依存的命运共同体，和平、发展、合作、共赢的历史潮流不可阻挡，人民对美好生活的向往不可阻挡，各国实现共同发展繁荣的愿望不可阻挡。霸权主义不得人心，合作共赢一呼百应。中国推动共建"一带一路"进入高质量发展的新阶段，得到各方积极呼应支持。在接下来的"一带一路"共建中，不断推动全球科技创新协作以应对人类面临的全球性挑战，与各国共享新一轮科技革命和产业变革带来的机遇，将是人心所向、大势所趋。

当然，第一个10年只是序章，"一带一路"科技合作尚存不足，新阶段也会提出新的更高要求。从"练内功"看，"一带一路"倡议还需要通过顶层设计加强科技合作规划，实现与国内区域发展战略的融合统筹，解决地方政府间竞争性政策冲突、政策实施层面不配套不协调等问题。从"强外联"看，我们还需要进一步提高国际话语权，深入了解共建国家的科技创新态势，建立科技合作的评价标准与评价体系，打通各种壁垒，塑造各类科技创新要素低成本跨境流动的生态。

共建"一带一路"本身就是创新之举，建好"一带一路"也要向创新要动力。期待在下一个10年里，科技创新为丝路共建注入更多金色阳光。

（刊发于2023年10月22日关注版）

最年轻航天乘组带来哪些惊喜

随着10月26日神舟十七号的升空,"最年轻航天乘组"开启了他们的太空征程。乘组由汤洪波、唐胜杰、江新林3名航天员组成,是我国空间站建造任务启动以来,平均年龄最小的航天员乘组。"最年轻航天乘组"给我们带来哪些惊喜?

"最年轻航天乘组"显示了中国航天员培训体系已趋成熟,科学高效。这是首次由第二批航天员带领第三批新航天员执行任务。2021年曾入驻空间站的汤洪波,时隔短短2年之后,成为重返"天宫"第一人,也成为现在为止执行两次飞行任务间隔最短的中国航天员。2020年入选为我国第三批航天员的唐胜杰、江新林,从"航天小白"到开启太空征程,只有短短3年时间。

载人航天是集国家政治、军事、科技实力为一体的高难度系统工程,涉及生物工程、机械制造、精密仪器等几十个专业领域,需要完成航天员选拔训练、医学监督和医学保障、飞船环境控制与生命保障系统研制、航天服与航天食品研制、大型地面模拟试验和训练设备研制等多项重要任务。航天员培训时间短、任务间隔短,既彰显了中国载人航天的自信从容和效率提升,更意味着多年来积累的丰富经验和先进技术,已经沉淀在航天员培训的流程优化中。

最年轻航天乘组带来哪些惊喜

"最年轻航天乘组"预示着中国深空探索将大跨步前进，目标长远。他们承担的任务可不简单。神舟十七号飞行任务将首次进行空间站舱外试验性维修作业。以往的舱内操作及出舱活动有很强可预见性，能在地面的各项训练中事先模拟出现的难点和问题。而舱外维修作业具有极高不确定性，故障和问题并非预设，要在舱外正确高效解决实际问题，对航天员来说是高难度挑战。当前，空间碎片日益增多，长期运行的航天器难免受到空间微小颗粒撞击。前期检查发现，中国空间站有轻微损伤，目前各项功能、性能指标均满足要求。虽说是可修可不修，但从面向空间站长期运行、验证技术能力出发，舱外试验性维修还是要做。

把这样的重任交给年轻乘组，既是面向未来验证技术，也是面向未来培养人才。现在让更多年轻航天员执行高难度空间站任务，就是为未来载人登月等深空探索任务奠定良好人才基础。根据规划，我们将在2030年前实现中国人首次登陆月球，推动载人航天技术由近地走向深空。那时，现在这些年轻的航天员也都年富力强，有精力、有经验，能更好地完成逐梦苍穹、开拓人类生存空间的重任。

"最年轻航天乘组"还提示我们，民营商业航天将有广阔发展前景。当前，空间站转入应用与发展阶段和载人登月任务正式启动，正在为各民营商业航天公司的发展注入推进剂，提升我国航天领域的创新活力和市场竞争力。大河有水小河满，大河无水小河干。航天国家队越游刃有余，意味着技术越成熟，航天民间队越有开拓空间。随着中国航天员培训体系的成熟，商业航天员培训也提上议事日程。去年底中国探险协会深空分会已发布《商业航天员等级评价及培训规范》，其中借鉴了国家航天员选拔与训练技术体系的成功经验。

"大航天时代"必将带动人类文明的大进步，期待着更多普通人也能走进太空探险的那一天早日到来。

（刊发于 2023 年 10 月 29 日关注版）

网购大国重器不只是"玩梗"

"双11"将至,国务院国有资产监督管理委员会官媒"国资小新"入驻淘宝,上新了16件大国重器,都是硬核国货。其中,被称为"移动核能充电宝"的全球首个陆上模块化小型核反应堆"玲龙一号"引发大众关注,网友纷纷留言,希望真正的"掌心核充电宝"早日开卖,"彻底解决手机电量焦虑"。当然,此次上架的16件大国重器只作新品展示,不支持直接下单,所以目前想网淘一个核反应堆到家尚不可行。那么,硬核国货在淘宝平台上新,究竟显示了啥?

——显示强大自信。

此次上新的16件大国重器,除"玲龙一号"外,还有全球最大直径竖井掘进机"梦想号"、全球首座10万吨级深水半潜式生产储油平台"深海一号"、全球首创1.2万米特深井自动化钻机等。这些硬核国货技术过硬,十分提气。有的利国利民,如"直-20"直升机同时具备了全疆域使用、全天候飞行、全权限控制的"三全"能力,已多次投入救灾任务;有的突破"卡脖子"瓶颈,如中国首台自主知识产权110兆瓦重型燃气轮机"太行110",将进一步打破国外技术封锁和市场垄断;有的为推动世界绿色发展提出中国方案,如第三代国产芳烃首套装置,技术达到国际领先水平,比同类芳烃装置减少能耗 30%……

我国已转向高质量发展阶段，构建新发展格局最本质的特征是实现高水平的自立自强。然而要实现高水平科技自立自强，科技自信必不可少。在新一轮全球科技革命周期里，面对前所未有的复杂挑战，只有树立了科技自信的国家和民族，才能不怕挑战追求卓越、不畏艰难探索未知、不惧竞争开放共赢。16 件大国重器本身都是自立自强的产物，凝聚了中国"智造"的能力和实力。将它们放在大众网购平台上统一亮相，展现了中国人的创新精神和攀登精神，也在轻松愉快的"玩梗"中孕养出大众对中国整体科创实力的强大自信。

——显示广阔"钱景"。

网购大国重器，现在虽然只是"玩梗"，但距离实现并不遥远。我国零售市场的电商渗透率逐年走高，2022 年，全国实物商品网上零售额达 11.96 万亿元，同比增长 6.2%，占社会消费品零售总额的比重为 27.2%。与之形成鲜明对比的是，在制造业的中上游环节，工业品销售和采购还以传统线下经销为主，数字化程度明显不足。但工业品线上市场已经在快速增长，展现出不容忽视的发展潜力。以淘宝为例，目前淘宝天猫工业品品类齐全，商品量达到 4 亿件，年在线交易额突破 1200 亿元。

中国制造业规模已连续 13 年居世界首位，工业用品市场规模极其庞大，产业链复杂冗长，上下游分散，采购环节痛点突出，供需容易错配。随着大数据、人工智能等技术快速发展并与实体经济深度融合，工业互联网销售平台将重塑企业形态、供应链和产业链，尤其可在一些资源较为分散的长尾市场中显著提高供需双方的匹配度，让工业品采购与终端零售不再"各自为政"。现在，我们已经可以从网络平台买到很多工业品，小到不同型号的螺丝帽，大到十几吨的工程机械。电商平台展示的大国重器，则让我们看到了硬核国货通过网络平台在全球配置资源、拓展市场的美好未来。

相信在不远的将来，硬核国货将从展示品变成真正的可购品，中国工业品也将借助互联网驶向广阔无垠的星辰大海。

（刊发于2023年11月5日关注版）

如何拥抱崭新的"AI+"时代

近日，ChatGPT 的缔造者、美国人工智能公司 OpenAI 召开首届开发者大会，发布了重磅更新。升级后的 GPT 效率更高、功能更强大，每个用户都可自定义专属 GPT 助手，同时还大幅度降价。新模型的输入单价从 3 美分降至 1 美分，输出单价从 6 美分降至 3 美分。这让不少沉浸于"双 11"网络购物节的中国网友手痒：大模型 AI 专属助手上架了，还降价促销，要不要来一个？

OpenAI 首届开发者大会展现了一个未来图景：人人都能拥有专属 AI 助理，都能使用自然语言创建基于自身知识库的 AI 智能体，并在 GPT 商店里买卖 AI 应用产品。这是具有里程碑意义的一步，让人想起十几年前以智能手机与 APP 开启"移动互联网+"时代的苹果公司。目前，ChatGPT 每周活跃用户数量达到 1 亿。自 3 月发布 ChatGPT 的应用程序编程接口功能以来，OpenAI 已吸引超过 200 万名开发人员，其中超过 92% 来自财富 500 强公司。GPT 商店推出后，200 万名开发者会将大模型推向各种具体应用场景，一个崭新的"AI+"时代即将出现。

过去一年，网红产品 ChatGPT 引发了全球人工智能大模型竞赛。在文本写作、图片生成、视频编辑等内容生产赛道，大模型以远超人类的内容生成速度赢得资本青睐，中美两国密集上新人工智能大模型。据统计，截至今年7月底，我国累计有130个大模型问世，其中，仅今年前7个月就有64个大模型发布。单从数量看，中美两国大模型是相当的。但从世界级影响力看，国内大模型明显逊于OpenAI公司，尚未出现可与ChatGPT媲美的现象级产品。

在人工智能大模型这个赛道，有能力、有基础与美国竞争的，只有中国。据不完全统计，中美两国的人工智能大模型数量约占全球总数的90%。从人工智能领域的科研产出来看，中国论文发表量于2017年反超美国成为全球第一，并在不少细分领域夺得领先优势；但ChatGPT所涉及的自然语言处理是美国的强势领域，也是人工智能的各主要细分领域里中美差距最大的领域。所以，我们确有一争之力，不能妄自菲薄；也要正视差距，善于吸取先行者的经验。

从首届开发者大会看，OpenAI公司的哪些亮点值得我们重视和学习？

创建生态。GPT商店发布后，应用可以选择私有、专属企业拥有和公开3种方式，公开售卖的应用得到利润分成，形成GPT应用生态。从国内现状看，中国一些龙头企业推出的大模型也在瞄准生态创建，并具备不错的发展前景。由于大模型对人才、资本和技术的要求很高，国内对大模型项目的投资远不如美国那样火热，更倾向于利用龙头企业的开源模型来做应用落地的创业，加上中国的人力资源丰富、人才规模庞大，这将为致力于做生态的大模型带来大量消费者和开发者。

版权保护。OpenAI在会上宣布将追随微软和谷歌的脚步，通过名为"版权盾"的计划为企业用户提供侵权包赔服务。如果用户面临有关版权侵权的法律索赔，OpenAI将介入诉讼以保护客户，并承担相关的法律费用。这项服务直击人工智能内容生成中极易产生版权纠纷的痛点，平复企业对大模型版权问题的担忧，将为大模型的商业推广扫清障碍。

人工智能大模型发展日新月异，正成为全球科技竞争的焦点。面对机遇与挑战并存的现状，我们要有信心、有定力，以政策与市场双重驱动，优化创新资源配置方式，支持以企业为主体开展关键核心技术攻关。期待中国版大模型早日培养出现象级爆款，走进千家万户、赋能百行千业。

（刊发于2023年11月12日关注版）

"北斗+民航"迈出关键一步

包含北斗卫星导航系统标准和建议措施的《国际民用航空公约》附件10最新修订版近日正式生效。这标志着北斗系统正式加入国际民航组织（ICAO）标准，成为全球民航通用的卫星导航系统。

从国际市场现状看，这份成功来之不易。

应用于民航运输业的卫星导航系统具有很强的行业特殊性，安全等级和技术壁垒都很高。美国GPS多年前就已被纳入国际民航组织标准，在全球市场中占据主导地位，在包括我国在内的世界各国民航飞机上应用。中国北斗想加入这个市场，必然会经历重重考验。从2010年中国民航局正式提交北斗系统进入ICAO标准的申请算起，时间已经过去十几年，其间历经28次工作会议、50余次技术讨论、提交百余份技术文件、答复问题2000余项，可见任务之难。

但任务再难也必须去做。现代空中航行系统正在从陆基导航转向星基导航，美国和欧盟的相关计划均提出目标，到2025年实现基于卫星的导航，使全球无导航盲区。我国民航导航手段也在经历从陆基向星基的转向。在这个关键转折期，为了我国民航运输业的健康发展，无论是从运输安全自主可控考虑，还是从商业竞争力考虑，都必须让北斗获取全球民航市场的通行证。

从国内发展情况看，这份成功水到渠成。

近些年来，中国在卫星导航系统和民航飞机两大领域均取得了重大突破。从国产飞机入手，将北斗机载设备研制与国产飞机制造相结合实现核心技术的自主可控，为北斗系统成功加入 ICAO 标准奠定了坚实基础。北斗系统是中国自主建设、独立运行的卫星导航系统，2020 年 7 月正式开通全球服务，现已服务全球 200 多个国家和地区的用户。2017 年 10 月北斗系统在国产飞机 ARJ21-700 上测试，是北斗系统第一次在运输航空领域测试应用，同时也是国产民机第一次使用国产导航系统。国产大飞机 C919 上也安装了北斗导航系统，自 2023 年 5 月 28 日投入商业运营以来，航线运行状况良好。

可以说，民航与北斗互为所需、互相促进。北斗系统在中国民航落地生根，为民航应用卫星导航提供了安全底线、上升阶梯和产业根基。民航是国际化程度最高的行业之一，中国民航系统率先推进北斗应用，有助于北斗系统进入国际市场、实现服务全球的目标。

加入 ICAO 标准，是北斗系统走向国际航空应用之路的关键一步，但也只是漂亮的起步。纳入标准只意味着获得国际市场准入证，并不意味着就此获得国际市场。在 GPS 占据主导地位、对应用市场全面覆盖的现状下，如何让北斗这个后来者具备足够吸引力，是一个富有挑战性的课题。展望未来，我们一方面可以立足于北斗短报文通信等特色技术，进入 GPS 等系统尚未覆盖的增量市场；另一方面也要积极推动北斗系统与国际上其他三大系统的兼容和互操作，探索以北斗为核心、兼容其他星座的双频多星座导航系统应用。

"中国的北斗"也是"世界的北斗"。星海浩瀚，需要全人类合作探索。全球空中航行不能只依赖一个卫星导航系统，多个卫星导航系统合作互补、共同发展才是理想未来。中国愿同各国共享北斗系统建设发展成果，携手迈向更加广阔的星辰大海。

（刊发于2023年11月19日关注版）

创新指数展现国家意志

中国科学技术发展战略研究院近日发布的《国家创新指数报告2022—2023》（以下简称《报告》）显示，中国创新能力综合排名上升至第10位，排名较上期报告提升3位，向创新型国家前列进一步迈进。细看这份创新指数榜单，我们可以清晰看到中国坚定不移走自主创新道路、努力建设世界科技强国的国家意志。

《报告》选取40个科技创新活动活跃的国家作为评价对象，这些国家的研发投入总和占全球95%以上，GDP之和占世界85%以上。从数据分析，各国创新指数得分与人均GDP存在较为显著的正相关关系。也就是说，国家创新指数得分与国家经济发展阶段密切相关，人均GDP高的发达国家，往往创新指数得分和排名也高。

凡事总有例外，中国就是那个最突出的例外。看榜单前15名国家的人均GDP，有5国超6万美元，3国在5万美元左右，4万至5万美元区间和3万至4万美元区间的各有3个国家，仅有中国是1万余美元。40国中，与中国人均GDP相似、发展阶段相近的俄罗斯、墨西哥、土耳其、阿根廷4国，创新指数排名均在31名至40名区间。而中国的创新指数得分已接近人均GDP在5万美元左右的欧洲国家。

创新指数展现国家意志

还有哪些国家创新能力表现突出，落点显著高于各国创新指数得分与人均 GDP 的平均趋势线水平？除了中国，还有美国、日本、韩国。这几个国家有相似特点，即政府高度重视科学技术和创新战略在国家发展中的作用。美国实行确保在全球科技领域全面领先的战略，将创新作为支撑经济可持续发展、保障全球领先地位的核心战略；日本实施重视技术立国和知识产权立国的发展战略；韩国保持高强度研发投入，扶持大企业集团在特定领域重点突破；中国将创新摆在国家发展战略全局的核心位置。

这个共同特征说明，国家创新能力除了与经济发展阶段正相关，还与国家创新战略和意志密切相关。中国高度重视创新型国家建设，带来了创新能力的快速提升，成为唯一进入榜单前 15 位的发展中国家。

当然，对全球主要经济体创新能力作评估的，不止一个研究报告。目前有较大国际影响力的此类创新评价研究，还有世界知识产权组织的《全球创新指数》和欧盟委员会的《欧洲创新记分牌》。在《全球创新指数》评价结果中，中国创新能力综合排名 2012 年排第 34 位，2023 年排第 12 位。在《欧洲创新记分牌》评价体系中，中国创新能力快速提升，2014 年总体水平仅相当于欧盟的 44%，2023 年总体水平已达欧盟的 95%。可见，不同的创新能力报告中，虽然研究定位不同导致了具体排名结果有差异，但 10 年来"中国科技创新能力迅速提升"这一发展趋势已成为国际广泛共识。

科技是第一生产力，人才是第一资源，创新是第一动力。创新指数排名展现了我们"把科技的命脉牢牢掌握在自己手中"的国家意志。进入新发展阶段，中国已吹响建设世界科技强国的号角，正朝着跻身创新型国家前列目标迈进。

科创之声

展望未来，我国正以新技术新产业开辟经济发展新领域、新赛道，将在科技自立自强上取得更大进展，在国际竞争中获得新优势。

（刊发于 2023 年 11 月 26 日关注版）

夯实自主安全算力底座

近日，龙芯中科在北京发布我国自主研发的新一代中央处理器（CPU）龙芯3A6000，测试结果显示其总体性能与英特尔公司2020年上市的第10代酷睿四核处理器相当。这标志着国产CPU在自主可控程度和产品性能上均已达到新高度，也证明了国内有能力在自研CPU架构上做出一流产品。

CPU是计算机系统的运算和控制核心，就像大脑一样指挥计算机各个部件的运行，堪称信息产业的基础硬件底座。不同品牌的CPU，其产品的架构也不相同。国际市场上，CPU芯片的主流架构是X86和ARM这两种，X86架构统治高性能运算，ARM架构主导移动计算，都被国外企业掌控，采用其架构的芯片需获得授权。另外，还有一种因开源免费备受关注的新兴架构RISC-V，开发门槛和成本较低。我们的龙芯则采用完全自主研发的指令集LoongArch，也就是龙架构。

CPU"中国芯"目前正在3条不同的自主创新道路上并行突破：采用X86或ARM架构的芯片量大面广，走的是引进、吸收、消化、再创新的高铁模式之路；采用RISC-V架构的芯片生机勃勃，走的是参与开放标准制定、自研关键核心技术的5G模式之路；采用龙架构的龙芯从零起步，走的是完全自主构建技术体系的北斗模式之路。

龙芯不需要任何国外授权、建立独立生态体系，走的是最难的一条道路，既难在硬件设计实现，也难在软件生态支撑。一方面，芯片内部所有的电路结构、逻辑电路和物理实现都需要从零开始，缺少很多关键核心能力，需要长期艰苦努力才能从无到有；另一方面，完全自主的架构意味着不能直接使用传统生态体系的通用软件，在软件体系构建中需要做大量的生态支持工作。

龙芯处理器研发始于2001年，2002年上市的龙芯1号，性能相当于英特尔1993年发布的奔腾处理器586，与市场主流产品相差甚远。经过20多年的磨合、优化、迭代、提升，新一代龙芯的性能已跟市场主流产品基本接轨，与国际最先进同类产品的差距缩小到3年。更令人振奋的是，从市场竞争力看，龙芯的性能提升与成本控制同步取得突破，自主研发能力正转化为产品性价比优势，未来可以去开放市场里"中流击水"，而不必像以往那样依赖于政策性市场、局限于国内专用领域。这意味着，龙芯走到了二次转型的关键时刻。

自主创新不是关起门来搞创新，而是要融入开放创新生态。从生态建设看，龙芯中科也做好了转型的准备。龙架构已建成基础软件体系，得到与指令系统相关的主要国际软件开源社区的支持，同时得到国内统信、麒麟、欧拉、龙蜥、开源鸿蒙等操作系统，以及WPS、微信、QQ、钉钉、腾讯会议等基础应用的支持。龙芯中科还将龙芯CPU核心IP及龙架构指令系统开放授权给合作伙伴，支持合作伙伴研制相关芯片产品。此次发布会上，就有10家企业与龙芯中科签署合作协议，使用基于龙架构的CPU核设计超算芯片、专用控制芯片、存储芯片等多种芯片。

基于龙架构的自主体系虽已基本形成，但各环节仍较薄弱。期待龙芯这株前途远大而尚未强壮的苗木早日长成参天大树，为我国信息产业体系的自主可控提供坚实支撑。

（刊发于2023年12月3日关注版）

我国四代核电为何能实现领跑

近日,石岛湾高温气冷堆核电站顺利完成 168 小时持续运行考核,正式投入商业运行。这是全球首座投入商运的第四代核电站,是具有完全自主知识产权的国家重大科技专项标志性成果。

高温气冷堆的最大亮点就是在全世界核电站中前所未有地实现了"固有安全",它是不会熔毁的核反应堆。这是对核电发展具有重大意义的革命性突破。

影响世界核电发展的不确定因素中,最核心的因素一直是安全。按国际原子能机构对核事件的分级标准,4 级至 7 级为核事故,等级越高危害越大。1979 年美国三哩岛核事故为 5 级,1986 年苏联切尔诺贝利核事故和 2011 年日本福岛核事故都是最高等级 7 级。这三起核事故,都引发了全球范围的反思,推动了核安全技术改进和核能监管加强。

有没有可能釜底抽薪,建成永远不会出现堆芯熔毁的核电站?早在 1956 年,美国核科学家泰勒就提出了"固有安全"概念:要使公众接受核能,反应堆安全必须是"固有的"。他还提出一个验证实验:抽出所有控制棒而堆芯不熔毁,设计才足够安全。这个想法被中国科学家实现了——高温气冷堆依靠特殊陶瓷包裹燃料元件,利用惰性气体氦气取代水作为冷却剂,可确保反应堆在丧失电源等极限情况下，不采取任何干预措施都能依靠自身特性保持安全状态，不会出现堆芯熔毁和放射性物质外泄。

实现"固有安全"极为不易，是一场持续了数十年的长跑。在石岛湾核电站工程中，清华大学是技术研发主体。早在20世纪80年代，王大中就带领清华大学核研院团队将研究目标指向反应堆固有安全，2000年建成了10兆瓦高温气冷实验堆，并于2004年9月在国际原子能机构组织的24个国家60余位科学家的见证下完成了"不插入控制棒下反应堆丧失冷却"的安全试验。2006年"高温气冷堆核电站"被列入国家科技重大专项，清华大学核研院院长张作义任总设计师。

高温气冷堆是一个向科技创新要"新质生产力"的重大成果。安全的高温气冷堆，未来也将成为"印钞"的高温气冷堆。

位于山东荣成的石岛湾高温气冷堆示范工程，由中国华能、清华大学、中核集团共同建设，于2012年12月正式开工，2021年12月首次并网发电。在示范工程从设计、建设到商运的全过程中，国内外无任何先例可循，我们突破了一大批"从0到1"的关键核心技术，获得了完全自主知识产权，形成了完整产业链，建成了可复制、可推广的标准化管理体系，引领了世界核电技术发展方向。

示范工程集聚了设计研发、工程建设、设备制造、生产运营等产业链上下游500余家单位；核岛设备15000余台（套），首台（套）设备超过2200台，世界首创型设备超过660台，国产化率达到93.4%；配套建设了目前世界最大规模的年产30万个燃料球的燃料元件生产线。目前，高温气冷堆商业化推广正在拉开序幕，新的项目已经开始启动。

科创之声

　　石岛湾核电站的成功商运，是一块成色十足的金牌。中国的核能科学家和工程师团队研发出以固有安全为主要特征的先进核能技术，实现了从跟跑、并跑到领跑世界的跨越，并在第四代先进核能的赛道上，跑出了遥遥领先的阵势。

（刊发于 2023 年 12 月 10 日关注版）

国产大飞机如何飞出大商机

近日，两条关于中国航空市场的消息引人注目。一是中国东航"上新"第三架 C919，国产大飞机商业运营稳步走向规模化；二是根据空客最新预测，中国将在未来 20 年超过欧洲和北美等较为成熟的市场，成为全球最大航空服务市场。

中国大飞机前景如何？未来 20 年能否背靠中国这个全球最大市场飞出广阔天地？

在 C919 正式投入商业运营的第一年，国产大飞机的"首年秀"堪称起步稳健、未来可期。今年 5 月 28 日，中国东航从中国商飞购买的 C919 实现商业首飞；8 月 4 日，第二架 C919 客机投入商运。截至 10 月 16 日，东航 2 架 C919 累计安全飞行 1695.48 个小时，其中商业运行 1079.02 个小时，累计执行商业航班 368 班，平均客座率超 75%，承运旅客超 4.5 万人次。从各项运营数据看，C919 运行技术状态正常，安全飞行表现良好。旅客们对 C919 所飞航班留下了"餐食好""飞行平稳""空乘服务好""座椅舒适"等正面评价。这促使东航加码订单。9 月 28 日，东航在 2021 年签订首批 5 架 C919 的基础上，再次与商飞签署购机协议，增订 100 架。而此前 C919 所签订单总数就已达 1061 架。

这并不意味着未来就是一片坦途。国际航空市场早已被美国波音和欧洲空客两大飞机制造巨头垄断,中国商飞想依靠国产大飞机从两只市场大鳄嘴里撕下可观的市场份额,存在阻力。比如,"中国将成全球最大航空市场"是国际共识,美国波音公司也曾发布报告作出类似预测。空客和波音均表达了对中国新兴航空市场这块万亿元级大蛋糕的胃口。作为后来者的中国商飞虽有主场之利,但毕竟是实力尚弱的挑战者,不可掉以轻心。

中国大飞机如何才能飞出大商机?

要强内功,根深才能叶茂。C919立足自主技术研发,采用"主制造商+供应商"模式掌控项目主导权,国产化率约60%。在民用航空领域,这个国产化率并不低。但要注意的是,C919的发动机由美、法合资公司CFM提供,存在一定风险,"国产平替"步伐需加快。此外,与饱满的订单相比,C919产能颇显不足,尽快提升产能是抓住当前发展机遇的关键。

要布长线,掘金航空服务。大飞机带动长产业链,除了飞机制造,后续运营维护的市场也相当可观。空客预测认为,如果将航空服务分为维修、培训与运营、优化升级三类,维修领域是未来20年最大市场,占航空服务市场80%以上;培训与运营领域面向未来,到2042年,全球预计需要220万名飞行员、技术人员及机组人员;优化升级在三类领域中增长率最高,年复合增长率达5.1%。从国内民航市场看,目前飞机基本来自波音、空客,除了买飞机的一笔重金,平时运营维修也多依赖国外,这块市场如果我们自己拿下,未来将有很大掘金空间。

要重合作,开放赢得未来。民用航空是高度开放、国际合作最为深入的领域之一。虽然全世界民用飞机主要由欧美垄断,但飞机的运营离不开各个国家和地区的政策支持,航空业国际合作因此成为必然。国产飞机要实现大发展，不能只倚重国内市场，在飞机销售运营等方面也要像飞机制造那样加强国际合作，不断扩大朋友圈，达到双赢、多赢和共赢的效果。

"万里长征"刚走出第一步，"民航强国"尚且任重道远。期待国产大飞机加快自主创新突破，实现规模化、系列化发展，在广阔天地中飞出精彩未来。

（刊发于2023年12月17日关注版）

为全球工程成就注入中国智慧

近日，由中国工程院院刊《工程》评选的"2023全球十大工程成就"在北京发布，ChatGPT、中国空间站、百亿亿次超级计算机、白鹤滩水电站、双小行星重定向测试、RTS,S/AS01疟疾疫苗、鸿蒙操作系统、Spot&Atlas机器人、锂离子动力电池、无人驾驶航空器入选。

本年度入围的全球十大工程成就，是过去5年由世界各国工程科技工作者合作或单独完成并实践验证有效的，且已经产生全球影响的工程科技重大创新成果。十大成就中，中国空间站、白鹤滩水电站、鸿蒙操作系统3项都是"中国制造"，锂离子动力电池、无人驾驶航空器2项都有中国企业居全球领先梯队，这个评选结果展现了中国在工程科技领域的卓越实力。

为全球工程成就注入中国智慧，我们有扎实基础，也有进步空间。

获取工程成就需要人才基础和制造业基础。中国制造业规模稳居世界第一位，研发人员全时当量也居世界首位。但我国制造业工程师占从业人员比重较低，2020年中国制造业科学家和工程师占比仅为3.55%，远低于德国23.2%、欧盟14.2%的水平。截至2020年，我国科学家和工程师约有1905万人，其中工程师为1765.3万人，规模总量位居全球前列；但从占劳动力比重来看，我国科学家与工程师占劳动力总量的比重为2.4%，比美国、欧盟分别低2.04%和5.03%。接受过高等教育的理工科毕业生是工程师最重要的供给来源，2020年我国新增理工科毕业生约342万人，规模远超其他经济体，但从占适龄人口（25岁至34岁）比重来看，我国仅为1.58%，低于法国、韩国等发达国家水平。

总体来说，我国工程师的规模和潜力都十分可观，这是成就"中国制造"的人才基础。但工程师比重较低，与制造业地位不相匹配。工程师的数量质量、制造业的转型升级，这两方面相辅相成，都还有很大进步空间。

为全球工程成就注入中国智慧，我们有强劲动力，也有科学谋划。

放眼全球，新一轮科技革命和产业变革深入发展，机器人、大模型、量子芯片、合成生物学、泛基因组等新兴技术不断突破，为全球科技和产业创新提供了发展新动能；学科交叉融合持续推进，人工智能、可再生能源等新技术加速向各领域渗透融合，为全球科技和产业创新催生了发展新模式。我国经济处于转型升级关键期，高质量发展扎实推进，但风险隐患仍然较多、国内国际双循环存在堵点，要完善新型举国体制，提升产业链供应链韧性和安全水平；要以科技创新引领现代化产业体系建设，特别是以颠覆性技术和前沿技术催生新产业、新模式、新动能，发展新质生产力。

从国际国内科技发展形势和经济发展需求看，中国有推动工程科技发展的内生动力，更有勇攀工程科技高峰的长期规划，工程科技发展前景一片光明。

中国工程院2021年首次评选和发布全球十大工程成就，之后

科创之声

每年评选发布一次,今年已是第 3 次发布。从 3 次发布结果看,中国每年都有多项成就入选,一直在榜单上稳居重要地位。这一方面展现了中国在工程科技领域的实力和贡献,另一方面也是中国在工程科技领域基于自身实力而争夺话语权和评判权的表现。展望未来,中国智慧必将为全球工程科技带来更多贡献、摘取更大成就。

(刊发于 2023 年 12 月 24 日关注版)

国产手机卫星通信时代要来了吗

岁末年初，又到各大手机厂商推出新机的好时节。近日，荣耀官方宣布，预备于2024年1月份发布的Magic6系列手机将搭载鸿燕卫星通信技术，并表示愿意把这套卫星解决方案分享给整个行业，引起消费者关注。此外，OPPO也在Find X7产品技术沟通会上公布了自研卫星通信技术。

此前，国产智能手机市场上，只有华为的部分旗舰产品支持卫星通信技术。现在，更多预备推出卫星通信手机的厂商出现了。其他厂商会不会跟进？国产手机的卫星通信时代要来了吗？

一项新技术是否能普及终端消费市场，要看技术成熟度，也要看市场接受度。

从技术成熟度看，中国的手机卫星通信技术已经领先全球。

卫星通信本身不是一个新技术，为了维持信号和通话质量，专业卫星电话尺寸笨重，外置鞭状天线更是堪称"显眼包"。功耗也是卫星通信终端的痛点，与遥远的卫星通信，需要终端发射高功率信号。手机卫星通信技术的难点，就在于如何让通信终端小型化，同时还要优化功耗，并让手机具备与专业卫星电话接近的性能。

2022年，华为和苹果都曾发布支持卫星通信的手机，用户在没有地面网络覆盖的地区，可通过卫星传递位置和文字等信息、获得救急服务，但不能直接与卫星通话。2023年，华为手机率先将卫星通信升级为卫星通话，意味着国产手机在天线技术、耗能技术等方面获得了领先地位。

从公开数据看，此次荣耀官宣的鸿燕卫星通信技术，具备"更小体积、更快连接、更低功耗"的优势。一是针对业内专用卫星终端芯片解决方案占板面积大、落地手机困难的痛点，实现了小型化，芯片面积降低了40%。二是内置卫星天线，采用线极化设计和镀金工艺，实现了更小体积下，性能与专业卫星电话接近的效果，搜星注册速度更快。三是借助智能算法调度卫星通信链路上各个模块，软硬结合，设计了完整的低功耗方案，连接卫星后待机功耗降低50%。

从市场接受度看，在购机成本和使用成本不显著增加的情况下，消费者愿意为手机卫星通信功能埋单。2023年具有卫星通信功能的几款华为手机型号的热销，已经证明了这一点。

在沙漠、深山等4G、5G网络不能覆盖的地方，或者突发地震、洪水等灾难导致通信中断的时候，卫星通信可以保证通信畅通。持有一个具备卫星通信功能的手机，就可以及时联系和等待救援。2023年10月，4名地质勘探工作人员因车辆故障被困昆仑山脉无人区，就是使用华为Mate60 Pro手机的卫星通信功能发出求救信号并成功获救。

卫星通信对于手机来说，不是日常使用功能，而是紧急状态下的救命功能。这个特点意味着，只要性能可靠，成本可控，卫星手机就拥有广阔市场，可以走向普及。此次官宣的鸿燕卫星通信技术，预备分享给整个行业，欢迎更多终端厂家跟进，这必将降低手机卫星通信功能的成本，让卫星通信不再只服务于少数人。

向消费者普及尖端技术将促进行业快速发展。放眼全球，很多地区移动通信网络不佳，正是卫星通信手机潜在市场。目前，国产手机在全球市场已具备强大竞争力。未来，当卫星通信功能成为标配的时候，"中国制造"手机的竞争力必然会进一步增强。

（刊发于2023年12月31日关注版）

"人造太阳"如何照亮未来

在近日举办的可控核聚变未来产业推进会上,中核集团等25家央企、科研院所、高校组建可控核聚变创新联合体,中国聚变能源有限公司(筹)揭牌,第一批未来能源关键技术攻关任务发布。看到消息后,很多人关心:可控核聚变何时能投入商用?

核聚变是两个轻原子核聚合、生成新的更重原子核,反应过程中会释放巨大能量。太阳就是通过核聚变产生源源不断的能量,可控核聚变被称为"人造太阳"。目前可控核聚变有3条主要技术路线:磁约束、引力约束、惯性约束。主流的托卡马克装置属于磁约束,目前国际主流是利用氢的同位素氘、氚作为核聚变燃料。

从核聚变燃料看,氘在海洋中大量存在,氚可以通过地球富含的锂元素转化。同时核聚变可用少量燃料收获巨大能量,1克氘氚燃料聚变所获能量相当于燃烧8吨石油。丰富的燃料储量和巨大的能量密度,意味着可以实现"能源自由"。

人类现有的核电站都采用核裂变方式获取能量,核聚变和核裂变虽只有一字之差,却拥有核裂变不可比拟的巨大优势。可控核聚变堆一旦约束失败,不稳定的等离子体将在极短时间内冷却,不会发生核灾难。氘氚可控核聚变的产物主要是中子和惰性元素氦,不会像煤、石油、天然气等化石燃料那样产生大量二氧化碳造成温室效应，也不会像核裂变那样生成长寿命的放射性废物。从聚变过程和产物看，可控核聚变是清洁能源，也是安全能源。

安全性高、能量密度高、资源丰富、环境友好，这些优点让可控核聚变成为未来能源的重要选择，也成为世界各国研究和投资的焦点。能源是人类文明的基石，也是国家发展的重要支撑。对中国而言，无论是考虑国家能源安全，还是考虑经济可持续发展，可控核聚变都是一个必须超前布局、高起点谋划的未来产业。

我们该如何用"人造太阳"照亮未来？

要有决心，做好顶层设计。作为人类理想的未来能源，可控核聚变的实现难度极高，已成为大国科技竞争的前沿阵地。过去一年多，美国进行了4次可控核聚变点火试验，创造了多项新纪录。在可控核聚变领域攻坚克难，我们必须健全新型举国体制、强化国家战略科技力量，改革赋能、政策支持，发挥好"国家队"的中坚作用和特色优势，才有可能获得成功。

要有信心，坚定持续投入。核聚变能源距离商业应用还有重重难关。我们要对这片科技高地的探索之难、耗费之巨有充足准备，也要对中国在该领域的发展前景有坚定信心。中国的可控核聚变技术正在迎头赶上世界领先方阵，如2023年8月"中国环流三号"成功实现了100万安培等离子体电流下的高约束运行模式。中国也是国际热核聚变实验反应堆计划ITER的项目参与方，正在为人类和平利用核聚变能源贡献中国智慧。

要有耐心，给足时间空间。何时用上可控核聚变能源？各国有不同的时间表。多数科学家认为，建成能够发电的核聚变示范堆需等到2050年左右。这显然是一个面向未来的长期投资。发展可控核

科创之声

聚变这个未来产业，既需要技术的不断突破，也需要资本的有力保障，更需要给足发展时间和容错空间。

"人造太阳"的建造，正处于曙光初露、前路漫漫的攀登阶段。看准目标，奋力前行，我们必将收获可控核聚变照亮的灿烂未来。

（刊发于2024年1月7日关注版）

原生鸿蒙强劲扩圈令人期待

近日,京东与华为宣布合作,正式启动鸿蒙原生应用开发。这是去年华为启动鸿蒙原生应用以来,加入原生鸿蒙朋友圈的又一重量级合作伙伴。由于原生鸿蒙不再兼容安卓,它也被外界形象地称为"纯血鸿蒙"。与安卓系统脱钩的 HarmonyOS NEXT 开发者预览版,已于 2023 年 8 月面向企业开发者开放,即将于本季度面向所有开发者开放。

回顾近几年的鸿蒙发展历程,可以看出,启动原生鸿蒙是华为改变手机操作系统市场格局的一个关键节点。

鸿蒙 2019 年 8 月发布,是面向全场景的分布式操作系统;2021 年 6 月起,鸿蒙 2.0 正式用于手机等消费终端;2022 年 7 月鸿蒙 3.0 推出;2023 年 8 月鸿蒙 4.0 推出。至此,鸿蒙生态的设备数量已超过 7 亿,开发者达 220 万,成为发展最快的操作系统。

在鸿蒙推出之前,手机操作系统市场格局稳定,谷歌的安卓系统与苹果的 iOS 系统二分天下。人们手机上的各类应用软件,要么基于安卓系统开发,要么基于 iOS 系统开发。因此,为保证用户的日常使用,鸿蒙系统可以兼容安卓应用软件,确保了推出初期的平稳过渡。用户留下来了,才能吸引更多应用开发者加入鸿蒙朋友圈,建立鸿蒙生态。

兼容安卓应用软件，只是过渡期的务实选择。基于安卓系统开发的应用软件，显然不能发挥鸿蒙系统的真正潜力。要想建立起鸿蒙系统的独立生态，需要布局专为鸿蒙系统开发的原生应用，提供更为流畅、稳定、高效的用户体验，这也可以进一步提升操作系统的控制力和竞争力。比如，此次京东与华为的合作就透露出这样的信息："京东将基于 HarmonyOS NEXT 的全场景无缝流转、原生智能等创新特性开发原生应用，为消费者带来简单易用、极致流畅、纯净安全、多快好省的购物体验。"

鸿蒙出世之前，安卓系统和 iOS 系统不是没有挑战者，微软和三星这样的巨头都曾加入挑战，但均以失败告终。究其原因，开发一套操作系统不是最大的挑战，构建生态才是。业内人士称：做生态的难度堪比造原子弹。此次鸿蒙系统在蓄力数年后宣布全面启动原生应用，一方面展现了对培育生态的耐心，另一方面也展现了对自研系统的信心。

鸿蒙的挑战能否成功？从目前的进展看，国内市场今年将见分晓。

其一，挑战基础已经筑牢。鸿蒙底座已有 1 亿多行代码、2 万多应用程序编程接口，这是其技术基础；已有 7 亿多台设备接入鸿蒙生态，这是其市场基础；鸿蒙开发者待遇普遍优于行业均值、吸引大量人才加入，清华、哈工大等数十所 985/211 高校开设鸿蒙课程，这是其人才基础。

其二，合作伙伴积极响应。华为启动原生鸿蒙至今，短短几个月就有大批合作企业加入，国内前 200 个应用已有过半数响应。支付宝、美团、新浪微博、小红书、B 站、高德地图等头部应用的加盟，掀起了原生鸿蒙应用的开发热潮。

对操作系统这样的底层平台而言，软件使用量、市场占有率是它能否成功存活的核心因素。目前，在国际市场上，鸿蒙还很弱小，市占率远不及安卓和 iOS。但在国内市场，鸿蒙的市占率已经越来越接近排第二的 iOS。有机构预测，2024 年鸿蒙有望取代 iOS 成为中国市场上第二大智能手机操作系统。

2024 年是原生鸿蒙的关键一年，期待各类鸿蒙原生应用的开发加快推进，打赢国产手机操作系统改变市场格局的转折之战。

（刊发于 2024 年 1 月 14 日关注版）

400万件发明专利为发展蓄能

近日,一条关于专利的新闻让人倍感振奋:截至2023年底,我国国内(不含港澳台)发明专利拥有量达到401.5万件,成为世界上首个国内有效发明专利数量突破400万件的国家。

我国的专利分为发明专利、实用新型专利和外观设计专利三种类型,其中发明专利审查最严、申请最难,最能体现出科技创新能力。发明专利拥有量也是衡量一国科技实力和经济水平的重要指标。400多万件发明专利来之不易,将为中国经济高质量发展赋能。

看总量,发明专利的扩增与中国经济的腾飞同频共振。

从世界范围看,中国专利制度起步虽晚,发展却很快,走出了后来居上的趋势线。早在19世纪,世界上大多数工业化国家都已颁布了本国专利法。而首部中国专利法正式实施于1985年4月1日,我国自那时起才开始受理专利申请。时代车轮滚滚向前,创新浪潮奔涌而来。2011年,中国专利申请数量首次位列世界第一。2019年,中国PCT国际专利申请量首次跃居全球第一位。

我国国内(不含港澳台)发明专利有效量达到第一个、第二个和第三个100万件分别用时31年、4年和2年左右,而突破第四个100万件仅用时1年半。这个明显的"加速度"发展,表现出与中国经济腾飞同频共振的节奏。它不仅反映了中国技术创新能力的高速进步，也显示了国人知识产权意识的不断增强。中国已成为名副其实的知识产权大国，持续为全球创新发展贡献中国智慧。

看质量，发明专利的提质为中国经济的转型奠基蓄能。

当前，外部环境的复杂性、严峻性、不确定性上升，全球新一轮科技革命正在深刻影响世界发展格局。面对世界百年未有之大变局，中国要实现经济转型升级，实现高质量发展，就必须将科技创新放在国家发展的核心位置，以科技创新推动产业创新，发展新质生产力。而保护知识产权，就是为创新创造保驾护航。

筑牢创新驱动发展的基石，发明专利不仅要有量的保障，更要有质的提升。看发明专利质量，我国创新发展潜力十足。在这400多万件有效发明专利中，高价值发明专利拥有量166.5万件，占41.5%，较2022年提高1.1个百分点；国内企业拥有有效发明专利290.9万件，占比首次超过七成，企业创新主体地位进一步凸显。

看未来，推动发明专利的运用转化是下一步发展的关键。

国家知识产权局发布的《2022年中国专利调查报告》显示，2022年，我国有效发明专利产业化率为36.7%，我国高校发明专利产业化率为3.9%。与自身相比，这两个产业化率都较上年有明显提升。但与发达国家比，我国发明专利产业化率偏低，大量专利技术被闲置。

推动专利转化运用，需多方合作，共同努力。一方面，针对高校、科研院所因不了解市场需求导致许多创新成果与市场不适配的现状，我们要强化产学研协同，聚焦科技创新供需匹配对接，建立行之有效的专利产业化机制，提升科技成果转化效率。另一方面，政府要建立科学合理的专利产业化评价体系，发挥科技评价"指挥棒""诊断器"的作用，以深化改革来解除创新发展的制度"梗阻"。

丰富的知识产权资源需要盘活，大量的发明专利有待转变为现实生产力。中国的有效发明专利已超 400 万件，并处于持续快速增长态势。用足用好这些发明专利，必将加快推动中国制造向中国创造转变、中国速度向中国质量转变、中国产品向中国品牌转变。

（刊发于 2024 年 1 月 21 日关注版）

天舟年货大礼包展现新气象

龙年春节将至,在中国空间站过年的神舟十七号飞行乘组,现在已经收到了天舟七号货运飞船送来的260余件、总重约5.6吨的"年货大礼包"。为2024年中国载人航天工程迎来"开门红"的天舟七号,展现出什么新气象?

可靠性持续提升,运货保障更足。2024年是天舟货运飞船诞生7周年。自2017年4月首飞以来,天舟已是第7次与长征七号运载火箭搭档。多年默契合作的基础上,一项项改进措施优化了流程,让太空货运的可靠性进一步提升。比如,此次发射任务中,长七火箭首次尝试在转运到发射塔架后为整流罩穿上轻便型罩衣,尽量让箭体与"高温、高湿、高盐雾"的外界环境隔绝。再如,天舟货运飞船正在打造成为一艘更智能的"数字天舟",研制人员使用数字技术实现了远程测试、自动判读、自动确认,货船质量确认效率大幅提高。

载货比很优秀,带货能力超强。天舟七号和此前的天舟六号同属于改进型货运飞船,与以往的标准型货运飞船相比,装载空间和装载重量提升了20%以上。全球现役货运飞船中,载货比超过0.5就算优秀。天舟七号上行载货比为0.53,最大上行运力7.4吨,是世界现役货运飞船中货物运输能力最大、货运效率最高、在轨支持能力最全的。随着改进型货运飞船运输能力的提升,天舟飞船发射频次由2年4发降至2年3发,这也意味着太空运输成本的降低。

解锁交会对接新方案,补货效率更高。空间交会对接是载人航天活动的三大基本技术之一。在天舟与空间站的交会对接上,我国曾经实施过6.5小时、2小时等多种方案。天舟五号创造了2小时快速对接纪录,探索极限可能性,但该方案对各方面保障条件要求较高。6.5小时则是一个常规的可靠方案,被天舟系列飞船多次采用。此次天舟七号采用3小时快速交会对接方案,是空间站建设以来首次使用。天舟七号解锁的3小时方案,集成了2小时方案的"快速"和6.5小时方案的"可靠",有望替代6.5小时方案成为新的基本模式,是技术人员为下一阶段交会对接任务探索的最优解。

天舟七号任务事关航天员生活保障、关键技术在轨验证和空间站安全运行,意义重大。从天舟一号到天舟七号,短短7年间连战皆捷,中国人在探索宇宙的征程中兼顾了浪漫进取与脚踏实地。在安全保障方面,我们审慎可靠、步步为营;在性能技术方面,我们对标卓越、自立自强;在效率提升方面,我们精打细算、创新务实。天舟系列货运飞船在一次次任务中持续精进,释放出更多潜能,也预示着它的未来应用前景将更加广阔。

中国航天事业进入空间站时代后,任务繁忙,却也姿态从容。翻看中国航天的短期工作计划,除了正在太空飞行的天舟七号,今年还将执行天舟八号货运飞船任务、神舟十八号和神舟十九号载人飞船任务,嫦娥六号还将探索人类首次月球背面采样返回任务。再看长期规划,计划在2030年前实现的中国首次载人登月更是令人心潮澎湃。

心之所向，星河万里。天舟与神舟，均为星汉之舟，承载着中国人的星辰大海之梦。期待中国航天技术在一个又一个探索浩瀚宇宙的工程项目中不断升级，推动我国全面建成世界航天强国。

（刊发于 2024 年 1 月 28 日关注版）

后　记

在庆东社长和报社编委会的全力支持和悉心指导下,《科创之声》专栏自2021年6月开栏,迄今已有两年多,发稿过百篇了。每周在经济日报关注版发表一篇科技时事评论,对一名从事科技领域报道的记者来说,是机会难得的历练和培养。能持续两年多而结集成册,十分不易,感谢领导和同事们一直以来的支持与信任。

写《科创之声》专栏,最大的感受就是"难"！每周的专栏交稿时间,都要挠掉不少头发,燃烧大量脑细胞。这个难度,主要难在科技涉及领域太广、专业壁垒又太高。科学家可以花好几十年来研究一个细分领域,而我要写这个细分领域的新闻时事评论,常常只有一两天的时间来学习相关背景知识。我得上懂太空下懂火山,左知国产芯片右知体育科技,还得判断研发投入会不会涨、元宇宙算不算新科技、人工智能大模型的中美差距大不大……专栏要求我当好一个通才,而我的心情就像在坐过山车——交稿之前：本周这个话题很热,我得好好学习才能做输出,难！交稿之后：貌似写得还不错,又涨了新见识,爽！

这种定期输出的高难度挑战,锤炼了我,让我更谦虚,也让我更自信。自信和谦虚,这两个词看起来似乎有点矛盾,其实都是承担一

后　记

个新闻时事评论专栏的必备品质。相信报社的其他专栏作者们，也有类似感受。

网络时代，人人都可以发出声音，都可能成为舆论热点当事人。在这种情形下，主流媒体发挥舆论引导力，面临较大挑战。评论是媒体的旗帜和灵魂，是引导舆论、厘清迷雾、理性发声的重要阵地。积极应对各种复杂舆情，在热点新闻中主动发声、敢于亮剑，是记者的职责所在。不自信，何以说服大众？因此，自信是写时事评论的必备品质。有了自信，才能在舆论场上守土有责、守土尽责。

当然，自信不能过头，过头就成了自负，很容易翻车。新闻记者的专业性，在于信息鉴别、舆论判断。但就任何一个新闻热点而言，记者对该领域的背景信息的了解，往往没有当事人多。当事人出于各种因素，对事实进行加工、歪曲、误导的时候，记者能及时发现吗？面对无限可能的未来，记者能准确判断热点事件走势吗？因此，谦虚也是写时事评论的必备品质。谦虚谨慎，才能把握好评论尺度，不说过头话，不因为错误判断损伤媒体公信力。

欣慰的是，专栏文章发布后效果不错，屡上热搜，有刷屏破圈之作，也得到各领域专业人士的肯定。比如，《国产大飞机如何飞出大商机》刊发后，中国商飞公司政策研究室的研究员找到我，问我是不是专门研究大飞机的，说稿子写得很专业。又比如，《"海克斯科技"嗨了谁》刊发后，被不少抖音主播引用，"经济日报谈海克斯科技"主题以超过7500万的"在看"人数成为当日抖音平台热榜第一名。

最后，再次感谢报社编委会和关注版的编辑老师们，以及关心我的成长、经常给我鼓励和建议的报社同事们。《科创之声》专栏的

科创之声

每一篇文章，都经过版面编辑、值班编委和庆东社长的层层把关、细心打磨，这本书也是集体智慧的结晶。敬请读者朋友们提出宝贵意见，我将以此书为新的起点，继续努力，不断精进业务能力，写出更多更好的新闻作品。

佘惠敏

2024年2月27日